Flora S. Mahler

Die Zeitforscherin

Roman

müry salzmann

Für meine Mutter, Christine

Vor eine Entscheidung gestellt, hat sich die ganze Welt, das Universum, in zwei Versionen seiner selbst aufgespalten [...]
John Gribbin

Merdre!
Alfred Jarry

...vielleicht ist es Nichts das gekommen ist und so habe ich dieses sehr lange Leben in Vereinigung mit Gott verloren an der Ecke einer Zeit ohne Minute.
Hélène Cixous

I.
Der zweite See

„In unserer Familie sind die Erstgeborenen weiblich", erkläre ich der neuen Freundin meines Bruders vom Rücksitz aus, den Kopf ans Fenster gelehnt, das leicht beschlägt und das heutige Datum sichtbar werden lässt, das ich vor zwei Stunden, kurz nach der Ausfahrt aus Wien, auf die Scheibe gemalt habe. *2/9/22*. Auch zuhause schrieb ich es, frühmorgens, frisch geduscht, auf den vom Wasserdampf blind gewordenen Badezimmerspiegel.

Ich habe schlecht geschlafen und weil ich friere, wenn ich müde bin, so lange geduscht, bis der Boiler leer war. Er ist fassgroß und hängt bedrohlich wie eine Gewitterwolke über dem Allibert. Beim Zähneputzen die Angst, der Himmel fällt mir auf den Kopf. Allibert. Ein Wort, geheimnisvoll wie die Schmuckkästchen meiner Mutter. Seit Jahren habe ich es nicht mehr gehört. Außer Mama hat es niemand verwendet. Ich sehe sie, den Föhn in der Hand, einen Lockenwickler zur Probe lösen. Er fällt auf das Handtuch, das sie ins Waschbecken gelegt hat, damit die Wickler nicht nass werden und kein Soldat aus der Armee filigraner altrosa Halternadeln, die ihren Kopf überzieht, in den Abfluss rutscht und das Rohr verstopft. Sie öffnet die verspiegelten Badezimmerschranktüren. Der Geruch von Taft. Auf der L'Oréal-Spraydose das Portrait einer Frau mit langer, wie von einem Windstoß aufgewirbelter Mähne. Eine Haarpracht, von der Frauen und Mädchen träumen. Eine Frau wie meine Mutter und ein Mädchen wie ich. Denn unser Haar ist dünn. Das ist erblich bedingt. Wer dünne Haare hat, kann nicht jede Frisur tragen. Für mich gilt, nicht länger als schulterlang und einen Pony, der die hohe Stirn bedeckt. Mama trägt ihr Haar kurz und verzichtet nach drei Schwangerschaften auf Blondierungen. Verlorenes Volumen kompensiert eine Dauerwelle. Wenn sie aus der Dusche steigt, hat sie Locken, klein wie die, die sie in Geschenkbänder macht, indem sie die Enden mit Druck über den Schaft einer Schere zieht. Ich finde sie wunderschön und verstehe nicht, wieso sie auf große Wickler gelegt, ausgeföhnt, toupiert und mit Taft fixiert werden müssen. Trotzdem sehe ich fasziniert dabei zu.

Auf dem Hochzeitsfoto ist Mamas Zopf unterm Schleier hüftlang. Als sie mir, die Wickler aus dem Becken räumend, von dem Haarteil erzählt, das in ihn eingearbeitet war, bin ich so enttäuscht, dass ich aus dem Bad laufe. Zum Frisör im Ort habe ich sie trotzdem weiterhin begleitet, und sie hat mich gern mitgenommen. Ich war beliebt, bei den Lehrlingen, denen ich beim Aufkehren half, und der Chefin, die sich eine Tochter wünschte und mich mit Schokolade verwöhnte. Ich mag Süßes, doch Pikantes ist mir lieber. Also schickte Mama mich eines Tages, als sie unter der Trockenhaube saß, ein paar Straßen weiter zum Fleischer. Ich war alt genug, ohne sie einkaufen zu gehen. Und merkte mir. *Nicht mehr als fünf Deka.* Fünf. Primzahl. Eine Folge, für die ich mit sechs schon ein Wort hatte, nicht aber für die Angst, die mich draußen überfiel und aus *fünf* und *Primzahl* fünfte Primzahl machte. So habe ich im Laden eine Semmel mit elf Deka Extrawurst verlangt. Und bekommen.

Mama und Chefin wollten, dass ich das Wurstsemmelmonster mit ihnen teile. Die Lehrlinge lachten, da hat mich der Ehrgeiz gepackt, und ich habe es ganz allein aufgegessen. Seit damals habe ich keine Wurstsemmel mehr angerührt. Schon das Wort schlägt mir auf den Magen.

Ich muss mich ablenken. Allibert. Deonym. Generalisierter Markenname für Badezimmerschränke. *Mama und ihr Faible für alles Französische*, murmele ich, das erste Wort so laut, dass Ela es hört.

„Du meinst in der Familie eurer Mutter?"

Ich beuge mich vor. „Ja, alle Erstgeborenen, Töchter. Und vier von fünf Lehrerinnen." Du bist also gewarnt, möchte ich hinzufügen, aber es würde meinen Bruder in Verlegenheit bringen, und ich bin froh, dass ich bei David mitfahren kann. Die Verbindung nach Ametsberg in Kärnten ist schlecht. Fünf Stunden Bahn. Zwei Stunden Wartezeit. Eine Stunde Bus. Ela hat David gebeten, noch niemand zu erzählen, dass sie schwanger ist. Doch er kann nichts für sich behalten. Ich dagegen kann schweigen wie ein Grab. Und zuhören, ohne zu fragen. *Warum kommt nicht auch der Dritte?* David lebt polyamourös, in einer Beziehung zu dritt. Ein Dreieck ist in der euklidischen Geometrie eine einfache Figur in der Ebene. Weil es vom Flachland in die Berge geht?

„Und welche Berufe haben die übrigen?", erkundigt sich Ela.

„Verschiedene, ohne statistische Signifikanz. Dabei überwiegen auch bei den Zweit- und Drittgeborenen die Töchter."

David wechselt die Spur, der Autobahnwind wird lauter. „Martina ist besessen von Reihen, Verteilungen, Wahrscheinlichkeiten und Mustern. Nicht nur familiären. Schon als Kind war sie so. Wenn wir in den Ferien zu den Großeltern nach Ametsberg gefahren sind, habe ich mit ihr stundenlang auf die Farbe des Autos gewettet, das uns als nächstes überholen würde. Martina hat immer gewonnen."

Wenn David mich Martina nennt, ist er entweder böse auf mich oder von mir beeindruckt. Martina ist der Name, der mich auf Distanz hält. Nähe, das ist Ina. „Nein, nicht immer."

„Dann hast du mich gewinnen lassen, damit ich weiterspiele." Und zu Ela. „Wie Martina das macht? Es hat irgendwas mit der Häufung roter und weißer VWs zu tun..."

Ela schüttelt ungläubig den Kopf.

„Doch, frag' Ina, wie das Verhältnis von roten und weißen VWs seit dem Semmering ist!"

Ela dreht sich zu mir um. „Wirklich? Wie viele rote?"

Ich habe nicht darauf geachtet. „Im Verhältnis zu weißen?" Ich lüge. „Sieben zu neun."

Ela zwinkert mir zu und legt ihre Hand auf Davids Knie. Er steigt vom Gas. „Auf der Raststation St. Marein treffen wir uns mit Claudia. Wir sind da auch früher immer stehen geblieben. Sonst hat Ina getobt und geschrien."

„Das habe ich nur einmal gemacht."

David sucht nach Elas Hand, sie hat sie zurückgezogen.

Marein. Die Buchstaben von Marie und Ina. Mama und mir. Ich habe Claudia einmal beim Bücher-Aussuchen vor der Abreise, *ihr beiden, nehmt euch für die Fahrt was zu lesen mit*, davon erzählt, und sie hat Mama gefragt, ob wir nicht mal woanders stehen bleiben könnten.

Mama hätte eigentlich Mari*a* heißen sollen; zu Mari*e* machte sie ein Tippfehler auf der Geburtsurkunde. Ob sie deshalb für ihre Kinder Namen wählte, in denen der Buchstabe A dominiert und das E fehlt? Claudia. Martina. David.

„Claudia, unsere ältere Schwester, hat zwei Kinder, ihr erstgeborenes ist ein Mädchen", kläre ich Ela auf.

„Sophie will wie ihre Mutter Lehrerin werden", ergänzt David.

Und da sagt Ela es selbst: „Ich bin also gewarnt."
Wir lachen.

Nachdem der Frauenarzt meiner Mutter die zweite Schwangerschaft bestätigte, meinte er, das erste Kind sei Pflicht, ab dem zweiten beginne die Kür.
Meine Großmutter war das vierte.
Meine Mutter kam an dritter Stelle.
Ich bin die Zweitgeborene. Diese Reihe endet mit mir.

Ich will keine Kinder, ich bin nicht der fürsorgliche Typ, erklärte ich Adam, dem einzigen Mann, mit dem ich länger zusammen war. Drei Wochen, bevor Mama starb. Eineinhalb Monate vor meinem dreißigsten Geburtstag. Demnächst werde ich vierzig.

Aufgereiht wie in einer Gameshow saßen wir am Tag nach Mamas Tod am Verkaufstisch eines Bestattungsunternehmens in der niederösterreichischen Kleinstadt, in der ich aufgewachsen bin. Der Liebe wegen zog Mama erst von Kärnten nach Wien, dann ins Umland.

Erste Runde. Die Gestaltung der Parte. Gedacht als leichte Einstiegsaufgabe. Der ältere der beiden Mitarbeiter war enttäuscht, als wir gleich beim Trauerspruch versagten, uns Nachdenkzeit erbaten, da etwas Persönliches wollten. Ein Blick auf die Uhr. *Sie könnten das auch zuhause. Mailen Sie uns dann bitte die Datei.*

Zweite Runde. Die Auswahl des Sargs, Einäscherung war kein Thema. Ein dunkler Ordner mit in Klarsichtfolien eingelegten Ausdrucken, jedes Blatt ein Modell, keine Preisangaben, die Modelle aber doch erkennbar in aufsteigender Reihenfolge sortiert. Der schmucklose Fichte-Sarg, eine schnell überblätterte Seite. Die mittlere Kategorie, dunkleres Holz, profilierte Leisten, kommentiert mit *die hier werden gerne genommen.* Zuletzt die Luxusausführungen. David und Claudia entschieden sich für ein Modell, das gerne genommen wird. Dabei stellte Claudia klar. *Wenn Sie denken, diese Wahl sage etwas über unsere Mutter oder unseren Schmerz aus, liegen Sie falsch. Wären beide Gradmesser, ein Sarg aus Gold würde nicht reichen. Aber warum Persönlichkeit oder Zuneigung im Kauf eines teuren Sargs ausdrücken?* Die Mitarbeiter starrten sie an, dann nickte der ältere beeindruckt, der jüngere beflissen. *Warum ich Ihnen das sage? Wer behauptet, dass er nichts auf die Meinung anderer Leute gibt, wo es um Liebe und Tod geht, lügt.* Claudia hatte recht. Auch darin, das auszusprechen. Sie hat immer recht. In diesen Dingen. Me. Head in the clouds. She. Down to earth. Ihre Geradlinigkeit und praktische Veranlagung machen sie zu einem Anker für diese Familie. Eine Aufgabe, die mich überfordert. Einen Sarg kaufen, der weder Mama noch uns schlecht aussehen lässt. Die Verstorbene, die Hinterbliebenen. Habe ich mich da zum ersten Mal sprachlich von ihr getrennt?

Die gern genommenen Modelle waren in einem Nebenraum ausgestellt. *Wenn Sie mir folgen wollen.* Ich hatte Mühe, den Kopf in Richtung Tür zu drehen, in den Beinen eine bleierne Schwere, und war dankbar, dass auch Vater nicht aufstand.

Dritte Runde. Die Kleidung. *Sie geben die Sachen in der Pathologie ab. Und nicht vergessen, keine Schuhe.* Ein Blick Claudias hielt mich davon ab, zu fragen, wieso? Und dann schoss es mir ein. Weil sie nicht verrotten! Sohlen aus Plastik. Schnallen. Nägel. Wir fuhren Vater nachhause, und ich nahm im oberen Stock, im Kasten mit den Sommersachen den beigen Hosenanzug aus Leinen, den Mama sonntags gern getragen hat, vom Bügel. Ich habe sie beim Kauf beraten. Es gibt nur wenige Kleidungsstücke in ihrem Kasten, die ich nicht kenne, obwohl ich frühestmöglich von zuhause ausgezogen bin. Statt zum Frisör habe ich sie später zum Shoppen begleitet. Ausverkauf. Das war ein Fixtermin. Wir haben uns in Wien getroffen. Vater war ihr zu ungeduldig, Claudia und David wurden nicht gefragt. Mit Freundinnen hat Mama anderes geteilt. Und mir hat es Freude gemacht, für sie Stylistin zu spielen. Sie zu ermutigen, dieses und jenes anzuprobieren, eine Farbe, einen Schnitt, der ihr zu gewagt schien, für ihr Alter oder ihre Figur, ihr eine andere Größe in die Umkleidekabine zu bringen und sie, wenn ihr einmal zwei Jeans gleich gut passten, davon zu überzeugen, doch einfach beide zu nehmen. Wissend, wie schwer es ihr fiel, sich etwas zu gönnen. Den Hosenanzug haben wir im Sommerschlussverkauf, im Jahr bevor sie krank wurde, auf der Mariahilferstraße erstanden. Anschließend gingen wir in ein Café mit klingendem Namen. Mamas Salat wurde unmariniert, mit Essig und Ölkaraffe zum selber Anmachen serviert. Er schmeckte enttäuschend.

Die Suche nach einem passenden Oberteil. Eine Bluse? Oder eines der beiden T-Shirts mit Stoffkragen, die sie mich zu besorgen bat, als ihr ein Trip nach Wien zu anstrengend geworden war? Eine Entwicklung, die sie für umkehrbar hielt. Zumindest hat sie mir gegenüber so getan, als ob sie das glaubte. Sie kam nicht mehr dazu, die T-Shirts zu tragen. Das eine ist blau, wie ihre Augen. *Ein buntes* hat sie gesagt und die Farbwahl mir überlassen, das andere wollte sie in Schwarz. Ich besitze es noch. Kann es nicht wegwerfen, aber auch nicht anziehen. Es wäre, als würde ich in ein Ersatz-Leichenhemd schlüpfen. Helle Socken. Die Vorstellung ihrer unbeschuhten Füße. Werden sie im Sarg auf einem Polster liegen? Wird man sie zudecken? Hätte ich mir die Innenausstattung des Modells doch ansehen sollen? Ich überlege. Der Blazer wird ihr zu groß, die Hose zu weit geworden sein. Braucht sie einen Gürtel? Ich vergaß zu fragen, ob das geht. Ich nehme Unterhose und BH aus dem Regal. Die Art, wie Mama einen BH anzog. Sie schloss die Häkchen auf der Brust, schob den Verschluss auf den

Rücken und zog erst dann die Träger über die Schultern. Nein, keinen BH. Zu unbequem. Und wozu? Die Sorge, dass er ihr nicht gut angezogen wird. Nichtsdestotrotz bin ich erleichtert, es nicht selbst tun zu müssen. Und habe zugleich ein schlechtes Gewissen. Es wird mit den Jahren stärker werden, nicht schwächer. Ich kann Grobheit fremden Händen nicht zum Vorwurf machen, aber meinen, nicht gut genug auf ihren toten Körper aufgepasst zu haben. Warum habe ich nicht wenigstens versucht, dabei zu sein, wenn man ihn wäscht, anzieht, es anderen überlassen, ihr die schütteren, an Stellen nur flaumartigen Haare ein letztes Mal glatt zu streichen? Wir entscheiden uns zu viert. Gegen die Perücke. Mama hat sie nur in der Öffentlichkeit getragen. Hätte ich ihr eine Haube mitgeben sollen, die gestreifte, dünne, die sie zuhause aufsetzte? Frage ich mich im Winter. Sie ist im Sommer gestorben. In der August-Hitze schien schon ein Blazer eine Zumutung. Doch stehe ich im Mantel vor ihrem Grab, sehe ich den Leinenanzug und habe das Gefühl, sie müsste frieren. Ohne Schuhe. Und die Farbe Beige erscheint mir unpassend hell. Dann. Das Bild ihres vermodernden Leibes. Ich trauere am Friedhof nicht gut um sie.

Vierte Runde. Der Weg. Vom Krankenhaus in den Kühlraum des Bestattungsunternehmens, in dem sie bis zum Begräbnismorgen blieb. Die Temperaturen waren zu hoch, um den Sarg schon am Vorabend in die Aufbahrungshalle zu bringen. Von der Halle über den Friedhof zur Stelle, die noch festzulegen war. Die Frage nach ihrem Gewicht. Tat weh. Es ging um die Träger. *Ob es mehr als vier Männer braucht?* Mama, früher Konfektionsgröße zweiundvierzig, wog zuletzt knapp fünfzig Kilo. Ihre Haut, dünn wie Papier, spannte über den Wangenknochen. Zweieinhalb Wochen vor ihrem Tod. Das letzte gemeinsame Essen. Zu fünft. Am späten Nachmittag auf der Terrasse. Danach starke Schmerzen. Stärkere als sonst. Vater erzählt, sie kann die ganze Nacht nicht schlafen. Möchte das Essen aber nicht missen. Da sind Fotos. Auf denen sie lächelt. Er sagt, sie will, dass sie so, dass diese Erinnerung bleibt. An Sonntagen legt sie sich mittags auf die Matratze, die im Wohnzimmer seit längerem den Platz zwischen Sofaecke und Klavier füllt. Weil sie nicht nach oben ins Bett will, sich aber auch nicht mehr lange aufrecht halten kann und ihr das Sofa, auf dem Claudia und ich sitzen, zu hart ist. Ich hätte mich zu ihr legen sollen, denke ich heute und schäme mich, dass es mir, obwohl ihr Anblick herzzerreißend war, damals nicht in den Sinn kam. Zuletzt suchte ich ihre Umarmung mit acht oder neun. Seit Tagen habe ich Fieber. Weil ich nicht schlafen kann, gehe ich abends im Pyjama noch ins Wohnzimmer hinunter. Mama merkt, wie schwindlig mir ist, und lässt mich auf ihrem Schoß sitzen. Ich drücke sie dankbar, sie hält mich fest, aber es fühlt sich komisch an. Ich bin zu groß.

Fünfte Runde. Letzte Frage. Ein Schlag. Obwohl die Antwort klar war und Claudia nicht zögerte, stellvertretend zu erklären. *Wir haben uns schon im Krankenhaus verabschiedet. Es war ein guter Abschied. Wir wollen Mama nicht noch einmal sehen.* Der ältere Mitarbeiter nickte, die Falte, die sich zwischen seinen Augen glättete, zeigte, ein Nein bedeutete weniger Arbeit, der jüngere schielte nach Vater, der klein und still neben Claudia saß und plötzlich unsicher schien. Ich flüsterte Claudia zu, *er hat doch gesagt, dass er Angst vor der Veränderung hat, ihrem wächsernen Gesicht, den gefalteten Händen.* Überlegte. Wieso sollten sie gefaltet sein? Ist es wirklich wahr, dass sie tot ist? Und beschloss, wenn er will, werde ich ihn begleiten. In den Kühlraum. An den offenen Sarg. Da schüttelte er den Kopf.

Vater hat das Einzelzimmer, in dem Mama starb, an Claudias Arm verlassen. Sie waren die ersten, die gingen. Ich war die letzte. Kurz zuvor hatten zwei Pflegerinnen geklopft und gesagt, Mamas Leiche würde jetzt abgeholt, man müsse sie vorbereiten, ihr die Katheter entfernen. Zeit. Sich zu verabschieden. Vater hat Mama auf Stirn und Mund geküsst. Ich auf die Wangen. Sie waren kalt. Meine Lippen heiß vor Sommer, Aufregung und Schmerz. Dabei habe ich meine Hand auf ihre gelegt, und als ich sie drücken wollte, gemerkt, dass die Totenstarre bereits eingesetzt hatte. *Scheiße.* Entfuhr es mir so laut, dass die beiden Pflegerinnen erschraken. Zu Recht. Das Wort entweihte den Raum. Zumal Mama es nicht mochte, wenn wir Kraftausdrücke verwendeten, und es sich selbst verbat. Tatsächlich habe ich sie nie Scheiße sagen hören. Mein letztes Wort in ihrer Gegenwart – denn auch wenn ihre Finger steif und ihre Wangen kalt waren, war sie doch noch gegenwärtig, die Luft schwanger von ihrem Atem – sollte eines sein, das ihr gefallen hätte. So stürzte ich, schon an der Tür, zurück ans Bett und flüsterte ihr *Emating* ins Ohr, um dann die gestreifte Haube, die ich ihr in der Todesstunde abgenommen und Claudia beim Packen übersehen hatte, an meine Lippen zu drücken und aus dem Zimmer zu laufen.

Mama war nie krank, und wenn doch, ließ sie es sich nicht anmerken. *Ach das, nur eine Verkühlung, kleine Magen-Verstimmung, leichte Verstauchung.* Sie war hart zu sich. Eine Haltung, charakteristisch für die Frauen ihrer Familie. Wehleidigkeit kannte. Erst die nächste Generation. Jedenfalls ein Teil davon. Nicht Claudia, aber David und ich.

Legendär die Tante, die sich bei der Arbeit im Garten mit einer Sichel in die Wade geschnitten hatte, in die Küche ging und sich die klaffende Wunde mit in Arnikageist desinfizierter Nadel und Zwirn selbst zunähte. Die Geschichte beeindruckte mich so sehr, dass ich es nicht mehr wagte, die Tante anzusprechen. Als Jugendliche schien es mir kindisch, als Erwachsene unverschämt, sie darum zu bitten, mir die Narbe zu zeigen. Und dann verunglückte sie.

Eine Frage von Tagen. Vielleicht. Höchstenfalls einer Woche. Meinte die diensthabende Ärztin, mit der Claudia und ich uns auf dem Gang besprachen. Die Dosierung des Morphiums so hoch und Mama so schwach, dass sie, vor zwei Tagen eingeliefert, am Morgen des dritten nicht zu sich kam.

Wenn er das ist, ich habe ein gutes Leben gehabt, hat Mama vor der ersten Chemo zu mir gesagt, sie hat mit mir über den Tod, aber nie übers Sterben gesprochen. Ob sie nachhause wollte? Ich war froh, es nicht zu wissen. Nicht verantwortlich zu sein für ihre Pflege. Die Angst, ihr Leiden in den letzten Stunden durch falsche Handgriffe zu erhöhen. Wahrscheinlich wäre sie ohnehin nicht transportfähig gewesen. Damit wir rund um die Uhr bei ihr bleiben konnten, wurde Mama von einem Zweier- in ein Einzelzimmer verlegt. Die Zusatzversicherung, die Vater für sie abgeschlossen und nie gekündigt hatte, wenn sie es vorschlug, *das Geld könnte man sinnvoller verwenden*, ermöglichte das. So wie zuvor bereits das Zweibettzimmer. Die jüngere Bettnachbarin, die sich mühte, *mir* Mut zu machen, erzählte, sie sei vor einem Jahr in diesem Zustand gewesen und habe sich, von ihren lieben Kindern umsorgt, wieder erholt.

Die Besuche in der Privatordination eines Chirurgen, der Mama dann nicht operierte, weil auch die dritte Chemo die Metastasen in der Leber nicht reduziert hatte. Ein teures Medikament nach der sechsten, für das die Gebietskrankenkasse nicht aufkam. Bevor ein CT bestätigte, dass auch die Lunge befallen war. Mamas Husten. Trocken. Tief. Ein Reiz, der bald jeden Satz unterbrach. Nach der Befundbesprechung kam sie zu mir. Vater parkte das Auto. Wir waren allein. Mama, in Tränen, *ich komme nie mehr nachhause.* Sie meinte nicht das Haus, in dem ich groß geworden bin. *Obwohl ich mich schon beim letzten Besuch verabschiedet habe, ich würde alles so gern noch einmal sehen.* Da habe ich ihr versprochen, *ich organisiere einen Krankentransport und bring' dich nach Kärnten. Und einen Hubschrauber. Der fliegt uns hinauf zur Ematinger Alm. Wir landen beim zweiten See. Morgens. Gegen neun. Gerade so früh, als wären wir gewandert. Tauchen unsere Füße ins kalte Wasser und folgen der Sonne. Das Ufer entlang. Und wenn du willst, singen wir.* Mama hat gelächelt. Sie weiß, ich kann nicht singen. Und mich umarmt.

Später erzählte Vater, sie habe den Onkologen gefragt. *Sagen Sie mir, wann genau werde ich sterben?*

Auf Gelbsucht. Folgt Blutdruckabfall. Dann Exitus. Mama wiederholte das Wort. Exitus.

Die erste Nachtwache übernahm ich. Die zweite Vater. Gegen Mittag starb Mama.

Wir waren eine glückliche Familie. Und ähnelten in unserem Glück vielen anderen. Aber auch das Unglück macht uns nicht besonders.

Einen Monat nach Mamas Tod hat Claudia ihren Mann Gernot verlassen, David hat sich schon eher von seiner damaligen Freundin Emma getrennt. Ich habe noch am Begräbnisabend mit Adam gebrochen und ihn seither nicht wieder gesehen.

Da wusst' ich nicht, wie das Leben tut, war alles, alles wieder gut. Lieb und Leid! Und Welt und Traum! lautete der Trauerspruch, für den wir uns schließlich entschieden. Eine Zeile aus den *Blauen Augen* von Gustav Mahler.

Auch der Spruch auf der Parte meiner Großmutter entstammt einem Lied. *Der du die Zeit in Händen hast.* Ich kann den Satz nicht lesen, ohne Omas weichen Alt zu hören. Sie sprang auf die ersten Silben wie auf Steine in einem Bach, den sie querte. Am anderen Ufer, in *seinen* Händen, ruhte sie sich aus.

Es wurde viel gesungen bei den Großeltern in Kärnten, vor dem Essen, als Gebet, und danach; denn auch, ehe alle wieder vom Tisch aufstanden, wurde gebetet. Dreistimmig. Wenn Onkel oder Tante kamen. Vierstimmig. Auf Familienfeiern. Am schönsten jedoch. Einstimmig. Abends, um den Tag zu beenden. Oma saß mit ausgestreckten Beinen auf der Kante des nur mehr lauwarmen Herdofens neben der Tür in der

Küche, die der zentrale und im Winter einzige beheizte Raum war. In den Schlafzimmern hielt sich tagsüber niemand auf, und nachts wärmten uns Tuchenten, hoch wie Schneewehen und schwer wie Matratzen. Bis Ende der neunziger Jahre heizten die Großeltern mit Holz. Nicht das Haus, nur den Ofen in der Küche. Die übrigen blieben, noch bei einstelligen Minusgraden, kalt und mit ihnen die Räume. Ich mochte es, frühmorgens mit Blick auf eine Eisblumenwiese aufzuwachen, die dann wie ein glitzernder Vorhang die Innenseite der Fensterscheibe überzog. Jedes Gähnen verwandelte sich in eine Wolke, und die wiederholte Frage, *schläfst du noch*, erreichte die Schwester im Bett gegenüber schließlich auch als Rauchzeichen.

Mamaaa. Ina lässt mich nicht schlafen. – Gar nicht wahr. Du hast mich geweckt. – Claudia, lass' Ina in Ruhe. Mamas Alt klang voller und heller als Omas. Wenn sie redete, aber mehr noch, wenn sie sang. Mama war Mitglied in verschiedenen Kirchen- und Kammer-Chören. Von uns Kindern hat nur David ihre vokale Begabung geerbt.

Auch Claudia singt gern. Aber sie kann den Ton nicht halten. Das regte Mama auf, *du steigst schon wieder, hörst du das nicht,* und sie entmutigte Claudia. Mein gutes Gehör bewunderte sie. Deshalb kränkte es mich nicht, wenn sie fand, ich hätte keine Stimme.

Davids Stimme ist brillant und hell wie ein Glasglockenspiel. Dass er auch ein talentierter Performer ist, entdeckte er im Teenageralter als Frontman einer

Funkband. Weil Mama jedes seiner Konzerte besuchte, kam er zu ihren Chorproben mit, begeisterte sich für klassische Musik, begann nach der Matura ein Gesangsstudium und jobbte nebenher als Tänzer im Musical *Elisabeth*. Erhielt da nach einem Ausfall unerwaret eine kleinere Rolle und wechselte das Fach. Musikalisches Unterhaltungstheater. Seine Karriere startete vielversprechend. Die Größe der Partien wuchs schnell. Es sei nur eine Frage des Wann, nicht des Ob, bis er in einer Hauptrolle besetzt würde, hörte ich auf einer Premierenfeier. Doch die Hauptrolle ließ auf sich warten. Irgendwann gingen auch mittelgroße Partien an andere. Auf kleinere folgten kleine. Zuletzt schlug er sich so durch.

Mamas und Davids schönster gemeinsamer Auftritt. Marienvesper. Monteverdi. Das Konzert wurde in Radio Niederösterreich übertragen. Ich habe die Aufnahme digitalisiert und höre sie, wenn ich fliege, und ich fliege viel und weit.

Als Vater anrief, mir zu sagen, dass Oma gestorben sei, wartete ich am Gate in Wien, Monteverdi im Ohr. Ihr Tod kam überraschend und auch nicht. Sie starb mit 103. In ihrem Haus. Nach nur einer Woche Bettlägrigkeit. Bis dahin hat sie noch Socken gestrickt. Claudia und ich bekamen zu jedem Geburtstag ein Paar. David war die Wolle, die Oma verarbeitete, zu dick. Mama störte, dass sie kratzte. Sie ist keine 63 geworden. Dabei waren alle, selbst Papa überzeugt, sie würde ihn überleben.

Er werde nicht zu Omas Begräbnis kommen. Die Reise nach Kärnten sei ihm zu beschwerlich, langes Sitzen vertrage er nicht mehr gut. Mit Claudia und David habe er schon geredet. David würde mich mitnehmen. Ich solle mich melden. In Claudias Auto sei kein Platz.

II.
Die Angst kommt später

„Fährt Dominik mit?“, frage ich David. Die Scheibe ist jetzt wieder frei, das Datum verschwunden.

„Nein, er bleibt mit Ulli zuhause. Claudia will dem Kleinen ein Begräbnis noch nicht zumuten. Aber Sophie kommt. Und Gernot! Ich habe ja gehofft, den wären wir los.“

„Ich habe ihn ewig nicht gesehen... Dominik ist Claudias zweiter Mann, mittlerweile Ex, der Vater von Ulli“, erkläre ich Ela.

Aber sie weiß das. Auch dass Ulli eigentlich Claudius heißt, ihn aber nicht einmal Dominik so nennt. Dabei war Claudius sein Wunschname. Die Ähnlichkeit zu Claudia. Eine doppelte Liebeserklärung, schwärmte Dominik, bis Claudia schließlich nachgab. Ihr gefiel Ulrich und ein zweiter Name. Sie selbst hat keinen. David ebenso wenig. Auch Sophie nicht. Nur Claudius und ich, nur wir Zweitgeborenen tragen einen zweiten Vornamen. Meiner lautet Anaïs. Er ist ein Knotenpunkt in Mamas französischem Muster. Ich habe es beim Frühstück entdeckt. An einem Samstagmorgen. Da bog sich unser Esstisch unter der Fülle an Gebäck, Aufschnitt und Käse, und neben Mamas Teller ging die Sonne auf. Eine gleißend rote. Also eigentlich stellte die Grafik auf der Verpackung Sirius dar, den hellsten Stern am Himmel. Er benannte einen Käse mit kalkweißer Schale, der nach Heu und feuchter Erde roch. Im Klosterinternat, in dem Mama ihre Lehrerinnenausbildung schließlich mit der Matura abschloss, wurde dieser Camembert manchmal zur Jause kredenzt. Ein Luxus, dem kaum eine Schülerin etwas abgewinnen konnte. Für die meisten war Versuchung süß und dunkel, Kuchen oder Schokolade. Nur Mama hamsterte Camembert, tröstete sich mit einem Bissen über die ungerechtfertigten Zurechtweisungen der Oberin, die sie mehr als andere drangsalierte, und träumte, während er ihr polsterweich auf der Zunge lag, von einer Zukunft fernab klösterlicher Zwänge, einem frohen, selbstbestimmten Leben. Freiheit und Liebe. Camembert und Anaïs. *Interessant, diese Verbindung und wie Sie sie herstellen*, würde meine Therapeutin jetzt sagen, *das sollten wir uns genauer ansehen. Zunächst aber würde ich gern.* Gut. Reden wir nicht über Mama. Reden wir über mich. Wovon ich träume? Pommes. Ich habe Hunger, obwohl mir schlecht ist. Zumal ich gestern über der Arbeit wieder einmal aufs Essen vergaß.

Wir überholen einen Sattelschlepper mit roten Planen, die wie ein wild flatternder Bühnenvorhang kurz die unbesiedelte Landschaft verdecken. Kulturlandschaft. Ebenmäßig kniehohe Wiesen. Erst am Horizont, unruhig, hügelig. Ich rutsche vom Fenster in die Mitte, fixiere Davids Hände am Lenkrad. Seine Fingerknöchel ragen hell und spitz wie kleine Gletscher in die Luft. Auch er hat ein Vornamen-Muster. Bevorzugt solche, die mit einem Vokal beginnen. Wenn er sehr verliebt ist, beginnen sie mit E. Ela, Kurzform von Elahe. David schielt nach seinem Handy, das in der Freisprechvorrichtung steckt. Blinkt. Der LKW liegt hinter uns. Aber es ist Elas iPhone, das vibriert.

„Evan … again?“, erkundigt sich David. Evan, der Dritte, der Brite. Ela hat zuvor schon einmal mit ihm telefoniert.

„Nein, mein Bruder. Ich rufe ihn später zurück.“ Sie drückt den Anruf weg und sucht mich im Rückspiegel. „Er ist Locationscout und gerade in Kärnten. Besichtigt da abgelegene Dörfer und Höfe, mögliche Drehorte für einen Science-Fiction-Horrorfilm.“

„Mit abgefahrenem Plot“, ergänzt David, „über die geplante Landung einer faschistoiden Alien-Zivilisation, die von woken Bauernkindern verhindert wird.“

„Die Hauptdarsteller werden gerade gecastet; wie alt ist euer Neffe, sieben?“, erkundigt sich Ela, als zöge sie ihn in Betracht.

Ich nicke. Claudia hat Gernot damals für Dominik verlassen. Zwei Jahre später hat sie ihn geheiratet. Das kommt hin.

Aber David berichtigt. „Nein, er ist acht.“

„Und die Große?“, will Ela wissen.

Sophie ist tatsächlich sehr groß. Ihre Größe ist vielleicht ihre bemerkenswerteste Eigenschaft. Zugegeben, ich interessiere mich nicht sonderlich für sie; trotz Lehrerinnen-Berufswunsch ist sie ein Papa-Kind. Das sieht auch David so, der Gernot nicht mag. Dass er vorzeiten Sekretär eines ÖVP-Landesrates war – Büroleiter, korrigierte Claudia –, ist noch nicht das Schlimmste. Er hat David eine wichtige Aufführung lautstark verhustet und zog ihn auf, wenn er trank, außer Mama war in der Nähe. Sie kannte Gernots Eltern von der Pfarre her, der Vater sang im Kirchenchor, die Mutter leitete viele Jahre eine Jungschargruppe. Eine kleine, dünne Frau, die selbst auf Wanderungen Röcke trug. Dass ich mich daran erinnere? Aber nicht an Sophies Alter? Sirius, das Doppelsternsystem, ist mit 240 Millionen Jahren eines der jüngeren.

„Sie wurde siebzehn", hilft David aus, „vor ungefähr zwei Wochen. Hast du ihren Geburtstag schon wieder vergessen?"

„Ich vergesse ja gelegentlich sogar meinen eigenen!"

„Auch wahr!" David lacht.

„Fährt noch jemand bei Claudia mit?" Sie müssen zu viert sein, sonst wäre das Auto nicht voll. „Da sie vor uns los sind, sollten sie eigentlich schon da sein."

„Frag' doch einfach nach!"

Doch ich zögere, Claudia anzurufen.

Da fischt Ela ihr Handy aus dem Seitenfach, wählt und wiederholt dann, statt auf laut zu stellen, dass Claudia schon angekommen ist und im Restaurant auf uns wartet.

„Woher kennt ihr euch?", frage ich.

„Claudia hat sich vor einiger Zeit bei mir im Studio tätowieren lassen. Ich bin Spezialistin für Tiermotive." Ela lässt das Fliegen-Tattoo auf ihrem Zeigefinger durch die Luft schwirren. „Eine Augustmücke aus der Familie der …"

„Das passt gar nicht zu Claudia", unterbreche ich sie, „was hat sie sich denn …"

„Einen Kiwi. Sein dichtes Federkleid war eine Herausforderung, weil es wie zotteliges Fell aussieht. Dabei haben Kiwis im Gegensatz zu anderen Laufvögeln kleine vier bis fünf Zentimeter lange Flügel, die an den Enden in Krallen auslaufen. Es sind sehr scheue und nachtaktive Vögel, die man kaum zu Gesicht bekommt; meist sind es nur ihre Lautgebungen, Rufe, die uns verraten, dass sie da sind."

„Ina hasst Kiwis", erklärt David.

„Das betrifft die Frucht, nicht den Vogel. Die letzte aß ich als Teenie, sie hatte 1.052 Kerne. Ich habe sie gezählt, während Dominik an der Playstation zockte. Ich sollte mit ihm Mathe lernen, aber er hatte keine Lust. Dabei war es seine Idee, dass ich ihm Nachhilfe gebe."

„Claudias Dominik? Ich dachte, der sei älter als du?", wundert sich Ela.

„Ich habe in der Volksschule zwei Klassen übersprungen. Claudia ist im Gymnasium einmal sitzen geblieben. Dope hat mehrmals wiederholt. So gingen wir drei schließlich in dieselbe Klasse. Dope war Dominiks Nickname. Er hat ihn sich selbst gegeben, der Idiot!"

„Idiot?", hakt David ein. „Er sei wie ein großer Bruder für dich, hast du zu Claudia und mir gesagt, und dass du auf deine Schwester verzichten kannst …"

„Weil ich sauer war! Musste sie Mama erzählen, dass ich rauche?!" Die Jüngste zu sein und Klassenbeste. Ich habe keine Freunde gehabt, wurde gemobbt. Am schlimmsten von Claudias Clique. Ihretwegen habe ich die großen Pausen gefürchtet. Nur im Raucherzimmer war ich vor ihnen sicher. Also habe ich mich da in eine Ecke gedrückt und Walkman gehört. Schließlich bot Dope mir eine Zigarette an. Sie schmeckte scheußlich, aber beim Rauchen mit ihm gesehen zu werden, hat meine Lage verbessert. Als er mich später zu sich nachhause einlud, in die Neubau-Villa mit Parkgarten und riesigem Pool, schlug ich Claudia vor, mitzukommen, doch sie lehnte wütend ab. Dabei war sie so verliebt in ihn.

Die Obstschale stand auf einem Sideboard in Dominiks Zimmer. Befüllt mit frischen Äpfeln, Birnen, Orangen und eben Kiwis. Weil es die zuhause selten gab, habe ich mir stets eine genommen. *Bedien' dich. Isst sowieso keiner,* meinte Dominik. Bis ich eines Tages hörte, wie seine Mutter die Haushaltshilfe bei meiner Ankunft ermahnte, die Kiwis noch schnell aus der Schale zu räumen. *Die sind für die kleine Streberin zu teuer.* Und das obwohl sie mich nie wie vereinbart bezahlte, mir von Besuch zu Besuch etwas schuldig blieb. *Tut mir leid, Mädchen, ich habe gerade nicht genug Bargeld im Haus. Beim nächsten Mal.* Als ich Dominik drohte, die Nachhilfe zu beenden, stahl er tausend Schilling aus ihrer Geldbörse. Ich habe das

Geld genommen, bin aber trotzdem nicht mehr hingegangen. Dominik hat die Schule bald darauf geschmissen und später am Hauptplatz ein Radgeschäft aufgemacht. Tage bevor er verhaftet wurde, wegen Verstößen gegen das Suchtmittelgesetz, habe ich bei ihm das Fahrrad gekauft, das ich heute noch fahre. Das Geschäft ging pleite; er dank der Intervention seiner wohlhabenden Mutter statt ins Gefängnis auf Weltreise. Nach seiner Rückkehr eröffnete Dominik erst ein Bikram-Yogastudio, dann eine Raw-Bakery. Bis zur Trennung von Claudia war er ein engagierter Vollzeit-Vater und nur gelegentlich bekifft.

Ich sollte zu David sagen, Dominik hat die kleine Streberin gerettet, stattdessen erkläre ich: „Oma zuliebe bin ich in Kärnten für jede Zigarette hinters Haus gegangen, wo mich niemand sah; sie fand, Rauchen schicke sich für Frauen nicht."

David löst eine Hand vom Lenkrad, zieht Ela an sich und küsst sie mit halboffenen Augen. Das Auto schlingert. Dominik hat mich im Pool ein paar Mal an sich gezogen und zu küssen versucht.

Ich warte, bis die Fahrspur wieder gerade ist, ehe ich nachhake: „Und was macht er jetzt so?"

„Seit der Trennung wohnt er wieder bei seiner Mutter. Sie hat ein Gesicht wie ein Zombie, aufgespritzt und operiert."

„Wann warst du da?" Obwohl sie mich gering schätzte, beeindruckte mich Dominiks Mutter.

Ihre Selbstsicherheit, ihre Schönheit. Die dichte, goldblonde Rapunzelmähne, der Gang, ihre Kleidung. Die kitschigen Bilder, die sie malte. In jedem Zimmer hing eines. Eine Zeit lang wünschte ich mir, Mama sähe aus und malte wie sie.

„Ich habe ihn letzte Woche besucht. Er züchtet jetzt Schnecken. Der Garten ist ein riesiges Gehege. Sogar den Pool hat er zugeschüttet. Es läuft gut. Er beliefert Restaurants in Wien und Umgebung."

Die Landschaft draußen verschwimmt eine Leitplanke lang mit dem Bild riesiger Schneckenherden, die an Dominik vorbei auf den Pool zukriechen, um sich wie Lemminge glücklich ins Wasser zu stürzen. Einzeln ein kaum vernehmbarer Platsch, doch zehntausendfach wird er zum Donner.

„Er hat sich übrigens nach dir erkundigt."

„Was hast du ihm erzählt?"

„Dass es dir gut geht. Dass du viel reist. Glaube ich. Ich war schon ein wenig high."

„Dann war das Gras gestern von Dominik?" Ela, missbilligend.

„Er hat das beste", meint David. Und zu mir: „Eigentlich sollten wir ja nicht rauchen, ich wegen meiner Stimme und Ela ..."

„Es waren zwei Züge! Und die lass meine Sorge sein."

„Schon klar", räumt David ein. Aber wie jedes negative Gefühl hält auch seine Zerknirschung nicht lange an. „Musik? Depeche Mode oder Dowland?"

In der Pufferzone zwischen Feld und Pannenstreifen eine Tafel, halb von Gestrüpp überwuchert, nur die Entfernungsangaben sind lesbar. Bis zur nächsten Ausfahrt. 23 km. *Wie lange dauern dreiundzwanzig Kilometer? Mama, wie lange noch?* Bis zur nächsten Pinkelpause, Raststation, bis nach Ametsberg? *Lichtjahre lang?! – Ein Lichtjahr ist keine Zeiteinheit. Es beschreibt Entfernung. Mit Lichtgeschwindigkeit wären wir bei Oma, bevor du ihren Namen gesagt hast, aber nur das Licht kann mit Lichtgeschwindigkeit reisen. – Wie schnell fahren wir? – 100 km/h.* David schaut vom Gameboy auf. *Warum fahren wir nicht schneller? Auf dem Tacho steht, wir können 180 fahren. – 180 km/h könnten wir fahren, wenn unser Auto nicht so vollgepackt und es erlaubt wäre. – Mama, wo ist mein Fernrohr? – Im Kofferraum. – Kann ich es haben? – Nicht jetzt. – Mir ist fad. – Lies etwas. – Mir ist schlecht. Es ist so heiß. Mama, warum muss ich in der Mitte sitzen? Claudia, du bist dran! – Ihr habt erst vor einer halben Stunde getauscht. – Dann David. Er hat viel kürzere Beine. Für meine habe ich in der Mitte keinen Platz. Mama, ich muss kotzen, wenn ich länger in der Mitte sitze!*

Der Geruch hartgekochter Eier, der von der nur halb zugezippten Kühltasche vorne bei Mamas Füßen nach hinten zieht, Kokos von Davids angebissenem Bounty. Der Apfelbutzen, den Claudia beim letzten Stopp nicht entsorgt hat, faulig braun wie die Bananenschale in der Seitenablage. Rot und salzig meine Lippen, in den Zähnen noch Soletti-Reste; die Packung wollte ich mir aufteilen, jede halbe Stunde ein paar Stück. Wir drei in Shorts. Zappelnde Arme und Beine, die zwischen Spielzeug und Büchern auf der Rückbank nicht genug freie Fläche finden. Aneinander stoßen. Die Haut klebrig weich wie Zuckerwatte. Ich schwitze. Der Citroën hat keine Klimaanlage. Wie mein Mädchen-Schweiß roch? *Wenn Claudia jetzt mit mir tauscht, sitze ich die ganze Rückfahrt lang in der Mitte. Ich versprech's. – Ohne Wenn und Aber? – Bestimmt! – Claudia? – Warum immer ich? – Weil du die Vernünftigste bist. – Dann will ich später nur zwei Kinder. Und ein größeres Auto. Aber erst will ich groß heiraten.* Sie überlässt mir den Fensterplatz hinter Mama. David: *Ich will überhaupt keine Kinder, nur ein großes Auto, ganz für mich allein.* Er hat den Führerschein gleich mit Achtzehn gemacht und fährt jetzt einen Peugeot. Claudias SUV ist von Renault. Das französische Muster.

Ich lehne mich zurück. Atme tief durch.

„Stört es euch, wenn ich das Fenster öffne? Es ist warm hier drinnen."

„Mach nur", meint Ela. Ich halte mein Gesicht in den kalten Fahrtwind. Nähe ist wie Zuckerwatte. Sie verursacht mir Bauchweh. Ein flaues Gefühl, vermischt mit Ekel. Ehe mir Tränen über die Wangen rinnen, lasse ich das Fenster hochfahren.

„Besser?"

„Ja, viel."

„Ich kenne das. Diese Übelkeit, wenn ich nicht selbst hinterm Lenkrad sitze."

David, belustigt. „Ina hat keinen Führerschein."

Dabei fällt es mir schwer, die Kontrolle aus der Hand zu geben. „Übrigens auch keinen Jagd- oder Segelschein. David hat beides."

„Einen Jagdschein? Was für ein Snob du bist!", empört sich Ela.

„Ich war Anfang zwanzig und sehr verliebt. An den Schrotkugeln eines erlegten Fasans habe ich mir zwei Zähne ausgebissen." Er tippt auf seine linke Backe.

„Geschieht dir recht." Ela lacht.

Und David erkundigt sich zärtlich: „Sag, willst du tauschen?"

„Nein. Seltsamerweise macht mir das Mitfahren bei dir nichts aus. Vielleicht weil dein Fahrstil meinem ähnlich ist. Leidenschaftlich und ein bisschen rücksichtlos. Evan drives me crazy, literally. In diesem Punkt seid ihr grundverschieden."

„Nur in diesem?"

„Evan kocht besser!"

„Du errätst nicht, wo Ela und ich uns kennengelernt haben! Ina?"

Doch. Du hast mir die Geschichte schon am Telefon erzählt. Nur um dir den Spaß nicht zu verderben, frage ich: „Wo?"

„In der Ordination einer Diätologin!"

Ihr habt entdeckt, dass ihr beide an einer Zöliakie-Unverträglichkeit leidet, euch noch im Wartezimmer zum, haha, glutenfreien Dinner verabredet. Gleich beim ersten Date gevögelt. Nach dem neunten mit Evan getroffen, einem Ex-Kollegen Elas, Abteilungsleiter für Presse- und Öffentlichkeitsarbeit am Naturhistorischen Museum. Ela hat da als Zoologin gearbeitet. Forschungsgebiet Diptera. Zweiflügler. Sie und Evan waren seit drei Jahren ein Paar. Führten eine offene Beziehung. Lebten aber nicht polyamourös. Das ergibt sich erst mit dir. Evan und du, das passt wie mit Ela. Auf Anhieb. Die erste Zeit. Utter bliss. Seit Ela von dir schwanger ist, Spannungen. Die Schablone der bürgerlichen Kleinfamilie. Vater, Mutter, Kind. Erfüllt euch mit Unbehagen. Dabei. Ist dir eine Nachricht noch nie so nahe gegangen. *Ich bin schwanger.* Du bist ein so stolzer werdender Vater. Ihres Kindes. Ela, die Frau deiner Träume. Entscheidungsstark. Selbstsicher. Die Gelassenheit, die sie ausstrahlt. Jemand, der seine Bedeutung kennt. Einen Scheiß gibt auf die Zustimmung anderer. Deiner. Diese Unabhängigkeit zieht dich an. Auch wenn du es dir nicht anmerken lässt, ist sie es, die dir fehlt. Du willst, nein, musst dich bewundert wissen.

Nicht hochmütig werden, war die Antwort der Großmutter auf von ihren Kindern erbrachte Leistungen, nur dass die Todsünde in ihrem Idiom anschmiegsam klang, vom Gemüt her kam, nicht vom Mut. *Hochmiatig*. Lob gebührt Gott im Himmel. Für die Menschen auf Erden kommt es vor dem Fall, predigte der

Pfarrer. Und dass Mädchen leichter fallen als Jungen, Frauen tiefer als Männer. Mama hat uns trotzdem gelobt. Nie überschwänglich und wie Claudia behauptet, ungerecht verteilt, sie am wenigsten, mich am meisten. Dafür steht sie auf sämtlichen Familienfotos in der Mitte, ich am Rand. Auch auf den letzten, die Adam auf Mamas Wunsch gemacht hat. Er fotografierte hobbymäßig Gemälde in Museen, bevorzugte aufwändig gerahmte Familienportraits. Während wir uns umzogen, nachdem Mama unsere dunkle Kleidung beanstandet hatte, und er mit ihr allein im Wohnzimmer zurückblieb, vertraute sie ihm an, dass er ihr das liebste aller Schwiegerkinder sei. Adam hat mir ihre Worte am Begräbnisabend wiederholt. Ich habe mich trotzdem von ihm getrennt.

Das Abschluss-Motiv der Session. Ein Foto von uns drei Geschwistern, ohne Anhang und Enkelkind. Wir bitten Mama, sich doch zu uns zu stellen, aber sie lehnt ab. *Nehmt wie immer Claudia in die Mitte, Ina, tausch' mit ihr Platz.* Claudia passt besser. Bestätigt auch Adam. Ihr leuchtend roter Pulli. Selbstgestrickt. Ich bin zu groß. In der Pubertät plötzlich in die Höhe geschossen, habe ich mit 1,83 cm sogar David knapp überholt. Claudia ist wie Mama gut einen Kopf kleiner als ich, hat ihr rundes Gesicht, ihre offenen Züge. Ich habe Mamas Mund und ihre Hände geerbt. Breit, schwer, von harter, körperlicher Arbeit geformt über Generationen. Als ich eines Sommers, mein ganzes Taschengeld aufbrauchend, endlich den einen Ring mit gefasstem Plastikstein aus dem einzigen Kaugummiautomaten in Ametsberg zog, passte er mir nicht einmal am kleinen Finger. Ich wurde wütend. Doch Oma meinte, ich solle stolz auf meine Bäuerinnenhände sein. Sie hatte leicht reden. Sie trug nicht gern Ringe. Und war selbst keine echte Bäuerin mehr. Der kleine Kartoffelacker am Hang hinterm Haus deckte nur den Eigenbedarf. Die Wiese, die an ihn grenzte, ernährte gerade eine Kuh und eine Ziege. Mama stand in den Ferien lieber im Laden der Großtante, als Oma beim Ernten oder Heuen zu helfen. Melken konnte sie. Aber sie tat es nicht gern. Haustiere. Hatten wir später keine. Weder Claudia noch ich haben uns je Hund oder Katze gewünscht. Die Rosenbeete im Vorgarten goss ich nur widerwillig. Bis heute habe ich noch nie Rasen gemäht. Wenn ich auf Mamas Grab Blumen pflanze, im Wissen, es würde sie freuen, ziehe ich mir Einweghandschuhe an. Und muss mich dennoch überwinden, in ihr zu wühlen, satter, dunkler Erde, in der es krabbelt und kriecht, die vibriert vor Leben. Mamas Hände. *Picassohände*, schwärmte Adam, *aus seiner klassizistischen Phase. Frankensteinhände*, spottete Claudia über meine, und sie hatte recht; sie passen nicht zu meinen schmalen Schultern, den langen, dünnen Armen, schmalen Hüften, wirken wie transplantiert, und ich gebrauche sie oft so unbeholfen, als wäre ich nicht recht an sie gewöhnt. Wie schwer meine rechte auf dem Geschwister-Foto auf Claudias Schulter liegt. Und doch auch wie zärtlich. David hält die Schwester von der anderen Seite. Sie fasst uns beide um die Hüften. Wir lachen. Ein schönes Foto. Mama ist sehr zufrieden. Was niemand bemerkt. Wir lachen nicht gleichzeitig. Das Foto ist manipuliert. Wir waren zu ungeduldig, der Ausdruck stimmte nie bei allen dreien. Deshalb hat Adam schließlich Claudias und Davids strahlendste Gesichter in die einzige Aufnahme, die mich entspannt und happy zeigt, hineinmontiert. Er ist gut in Photoshop.

„Das ist ein Zeichen! Dachte ich, dann wurde ich aufgerufen." David, halb zu mir, halb zu Ela, die amüsiert zustimmt, ehe sie ihre Locken mit einem grobzackigen Kamm hochsteckt. Auf ihrem Nacken, knapp unterm Haaransatz, werden persische Schriftzeichen sichtbar. Ich frage Ela nach ihrer Bedeutung.

„Martina! Sie hat mir gar nicht zugehört", empört sich David.

„Es ist der Name meiner älteren Schwester, Shirin", antwortet Ela und streicht behutsam über die Stelle. „Mein erstes Tattoo. Ich habe es mir mit sechzehn stechen lassen. Es bewahrt mich davor, nachgiebig zu sein, zu wenig zu verlangen."

„Du hast eine Schwester?"

„Sie starb noch als Baby."

„Tut mir leid."

„Muss es nicht." Und nach einer kurzen Pause. „David hat erzählt, du seist Zeitforscherin. Was machst du da genau?"

„Möchtest du nicht erst wissen, was ich studiert habe?"

„Sicher, was hast du studiert?"

„Alles! Von A wie Astronomie über I wie Informatik bis V wie Vergleichende Literaturwissenschaft; manches nur eine Vorlesung lang, anderes ein Semester. Am konsequentesten Physik, sieben Semester."

„Dann hast du unter Mindeststudienzeit abgeschlossen?"

„Ich habe gar nichts abgeschlossen. *Drama des begabten Kindes* lautete der Titel eines Buches, das lange auf Mamas Nachtkästchen lag. Vielleicht hätte ich es lesen sollen."

„Komm schon Ina, Ela will bloß wissen, wovon du lebst?"

„Ich verdiene mein Geld mit meinem Beruf."

„Sehr witzig", brummt David.

Doch Ela lacht, noch bevor ich ergänzen kann: „Wie Number Two im ersten Austin-Powers-Film so schön erklärt."

„Mein Bruder war verrückt nach diesem Film!"

„Erinnerst du dich an die Szene, in der sich Dr. Evil, frisch aufgetaut, von Number Two auf den neuesten Stand bringen lässt", fahre ich fort. „Während er tiefgefroren dreißig Jahre in der Erdumlaufbahn kreiste, hat sein Konzern Virtucon expandiert. Eine Landkarte, auf der Gebäude-Modelle platziert sind. Number Two erläutert deren Bedeutung. Unser Stahlwerk in Cleveland, das Frachtunternehmen in

Texas, die Ölraffinerien in Seattle. Zuletzt Chicago. *Das ist ein Modell unserer Fabrik, die Modelle wie dieses herstellt.* Meine Forschung gleicht diesem Fabriksmodell."

„Aha. Das heißt, nein, keine Ahnung, was du mir damit sagen willst."

„Als Leiterin eines globalen pataphysischen Zeitforschungsclusters ..."

„Pataphysik?", unterbricht Ela.

„Die Wissenschaft des Speziellen. Von Alfred Jarry vor über hundert Jahren begründet."

„Sorry, nie davon gehört!"

„Pataphysik beschäftigt sich mit Gesetzen, die durch die Ausnahme bestimmt werden, um das über unser Universum hinaus Bestehende zu erklären. Anders gesagt. Sie erforscht Epiphänomene, entwickelt imaginäre Lösungen, die, so Jarry, *den Grundmustern die Eigenschaften der Objekte, wie sie durch ihre Wirkung beschrieben werden, symbolisch zuordnet.*"

„Du verarschst mich?"

„Aber nein! Ich bin demnächst als virtuelle Festrednerin zur Gründungsveranstaltung einer pataphysischen Gesellschaft eingeladen und werde auf der anschließenden Konferenz über Wert und Funktion einer von mir erfundenen biografischen Zeitmaschine referieren. Pataphysik ist die einzige Wissenschaft, die mich all meine abgebrochenen Studien nutzbar machen lässt – obwohl dem Speziellen verpflichtet, im Ansatz doch universal."

„Martina entwickelt zeitoptimierende Algorithmen“, erklärt David, ärgerlich. „Davon lebt sie. Und das nicht schlecht. Der Nonsense ist ihr Hobby.“

Pataphysik ist kein Nonsense. Oder wenigstens nur halb.

„Und warum sagt sie das nicht? Klingt doch nach einer interessanten Arbeit?“

„Weil sie dieses Spielchen liebt.“

Ja, das tue ich. Ganz besonders. Dieses. Schon weil ich meine Arbeit nicht *liebe* und weil über sie reden hieße: Referenzprojekte nennen, Kooperationspartner oder den mir letztes Jahr nach Abzug aller Ausgaben verbliebenen Gewinn. Ich kann gut davon leben, denn das Leben kostet mich nicht viel; die kleine Wohnung, die ich mir von Mamas Erbe gekauft habe, dient mir auch als Büro. Was ich verdiene, gebe ich für Flüge aus.

„Dabei“, Ela dreht sich zu mir um, „... dass einem die Lust auf Physik vergehen kann, versteht niemand besser als ich. Ein überambitionierter Lehrer am Gymnasium, der behauptete, der zweite Hauptsatz der Thermodynamik sei wichtiger als die Fünfte von Beethoven. Wir mussten ihn auswendig lernen. Ich kann ihn immer noch aufsagen. Es gibt keine Zustandsänderung ...“

„Ich habe das Physikstudium nicht freiwillig abgebrochen.“

„Was ist passiert?“, fragt Ela.

„Eine lange Geschichte ...“

David steigt aufs Gas; es drückt mich in den Sitz. „Sei mir nicht böse, aber ich möchte sie jetzt nicht erzählen."

„Danke", murmelt David.

„Es ist, wie es ist", erwidere ich und denke, *sagt die Liebe*, weil ich das immer denke, wenn dieser Satz fällt, obwohl der Vers bei Erich Fried nicht *wie*, sondern *was es ist* heißt. Das Gedicht zierte einen gerahmten Sonnenaufgang, der zuhause mittig über dem Ehebett hing. Ihn anzusehen, hat mich getröstet, wenn ich mich einsam fühlte, und besänftigt, wenn ich wütend war. Dann rannte ich ins Elternschlafzimmer und warf mich auf Mamas Bettseite.

Erster Hauptsatz der Thermodynamik. Energieerhaltungssatz. Energie kann weder erzeugt noch vernichtet werden, sie ist nur von einer Form in eine andere umwandelbar. Daher gilt. Du sollst dich nicht erinnern, denn deine Wut wird sich in Angst verwandeln und deine Angst in Depression. Zweiter Hauptsatz. Es gibt keine Zustandsänderung, deren einziges Ergebnis die Übertragung von Wärme von einem Körper niederer auf einen Körper höherer Temperatur ist. Heißt. Wärme überträgt sich nicht von selbst. Du bist in letzter Zeit wieder zu viel allein. Bemühst dich nicht genug darum, gemocht zu werden. Angerufen. Vermisst. Dabei weißt du. In einem geschlossenen System nimmt die Unordnung zu. Im Schlafzimmer, in der Küche. Auf dem Desktop. Im Kopf.

„Entschuldige, Ela, aber der zweite Hauptsatz *ist* wichtiger als die Fünfte von Beethoven!"

Xenia hörte Beethoven. Die Fünfte am liebsten. Einer ihrer Ticks, dass sie nur Musik von Composern laufen hatte, deren Name mit einem B beginnt. Bach. Beethoven. B. B. King. Beatles. Björk. Bonobo. Ich bin mit achtzehn, eineinhalb Jahre nach Studienbeginn, zuhause aus- und bei ihr eingezogen. Die Annonce. Zimmer in einer Zweier-WG in Gürtelnähe. Xenia war Grafikerin und doppelt so alt wie ich. Was Mama gefiel. Sie hoffte, sie würde ein Auge auf mich haben. Doch Xenia interessierte sich so wenig für mich wie ich mich für sie. Wenn ich von der Uni heimkam, ging sie aus oder blieb Martini trinkend und telefonierend in ihrem Zimmer. Frühstückte ich, schlief sie noch oder duschte. Wir haben in fünfzehn Monaten neunzehn Sätze gewechselt. Dreizehn nutze sie, um mir die Hausregeln zu erklären. Dass nur transparentes Waschmittel verwendet werden durfte, helles Duschgel, weiße Zahnpasta, blaue Handtücher; für Schwämme, Geschirr, alle Dinge in Küche und Bad gab es Farbgebote. Verstieß ich dagegen, schimpfte sie mich – sechs Sätze – oder rief Mama an. Als ich nächtelang unangekündigt wegblieb, unternahm sie nichts.

Seminarraum an der Fakultät für Physik. Freitagabend kurz vor acht. Ich packe meine Unterlagen ein. Adam, wissenschaftlicher Mitarbeiter von Professor S, gratuliert mir zum Referat, mit dieser tiefen, klangvollen Stimme, die so gar nicht zu seiner kleinen Statur passt, und meint dann, er habe noch eine Frage, begleite S nur schnell in sein Büro. Ich ziehe die Jacke an, warte. Der Raum leert sich bis auf drei Studenten, darunter der Sohn eines Fernsehmoderators, der sich für Einstein hält, eine Einschätzung, die sonst niemand teilt.

„Stell dir vor, ich habe ihn vor ein paar Jahren wiedergetroffen“, sage ich zu David, „am Flughafen beim Security Check.“

„Wen?“

„Den Sohn. Er stand knapp hinter mir. Wir kennen uns doch, richtig? Nur woher? Es täte ihm leid, er könne mich gerade nicht einordnen. Plötzlich erstarrte er und wechselte die Schlange, der Arsch.“

„Ach, Ina“, seufzt David.

„Ach, David“, seufze ich zurück.

„Die lange Geschichte, du wolltest sie doch nicht …“

Adam lädt mich in ein beliebtes Lokal um die Ecke ein. Die drei Studienkollegen sind auch da, setzen sich an unseren Tisch, kurz bevor Adam sich verabschiedet. Sie sind unerwartet nett. Ich habe Spaß. Der Sohn bemüht sich besonders. Gegen elf Uhr schlägt er vor, noch auf eine Party zu fahren. Irgendwo am Stadtrand, in einem Abbruchhaus, das einem mit seinem Vater befreundeten Immobilien-Entwickler gehört. Wir teilen uns zu viert ein Taxi. Ich trinke nicht viel an diesem Abend. Auf der Party nur ein Bier. Dabei tanze ich lange mit dem Sohn. Nach dem letzten Schluck wird mir schlecht. Mein Blick verschwimmt. Ich wanke, falle, der Sohn weicht mir aus, die beiden Studienkollegen lachen. Blackout. Ich komme in einem kleinen, fensterlosen Raum zu mir. Ertaste einen Lichtschalter. Er geht nicht an. Eine Tür. Sie hat keine Schnalle. Ich habe Durst. Rufe um Hilfe. Niemand da. Beim x-ten Versuch, die Tür der Kammer einzutreten, breche ich mir mehrere Zehen. Erst am Montagmorgen öffnen Bauarbeiter, die in dem Haus zu tun haben, zufällig die Tür.

Ich werde untersucht. Dokumentiert sind, abgesehen von den gebrochenen Zehen, Abschürfungen, Hämatome und Prellungen, Verletzungen, die auf einen Sturz, keine, die auf eine Vergewaltigung deuten. In den Befragungen behaupten die Studienkollegen, ich hätte mich ihnen aufgedrängt, sei beleidigt gewesen, als keiner was von mir wollte, und hätte mich betrunken. Der Sohn erklärt, mich nur aus Mitleid auf die Party mitgenommen, mit mir getanzt zu haben. Die wenigen Gäste, die ausfindig zu machen sind, können sich nicht an mich erinnern. Die Ermittlungen werden eingestellt. Ich solle auf der nächsten Party besser aufpassen. Mir ein Handy zulegen. Und Freunde. Die sich Sorgen machen, wenn sie tagelang nichts von mir hören. Monate vergehen, bis ich wieder in einem Hörsaal sitze. Bei der ersten Prüfung gerate ich in Panik.

Bis heute habe ich Probleme mit Situationen, die andere kontrollieren.

Bis heute hat David Probleme mit mir. Dabei werfe ich ihm nichts vor. Er fühlt sich trotzdem schuldig. Ich war Samstagvormittag eigentlich mit Mama zum Shoppen verabredet. Die Nachricht, die sie mir an jenem Freitagabend auf den Anrufbeantworter gesprochen hatte, hatte Xenia noch nicht gelöscht, als ich aus dem Krankenhaus kam, meine Sachen packen. *Tut mir sehr leid, aber es geht morgen nicht.* David hätte sie gebeten, ihn abzuholen. Von einem Konzert, in der Nähe von Linz. Die Band würde nach dem Auftritt zurückfahren, er aber wollte feiern und über Nacht bleiben.

Wenn die Eltern ausgegangen waren, hielt David – bis zu seinem achten Geburtstag teilten wir ein Zimmer – mich mit Fragen wach. *Was willst du werden, wenn du groß bist, Ina? – Astronautin. – Und wo fliegst du dann hin? – Zum größten roten Überriesen der Milchstraße. – Und wie riesig ist der? – Milliardenmal größer, als du dir vorstellen kannst. Und Billiarden von Lebenszeiten weit weg.*

David trommelt aufs Lenkrad. Ich habe mir an den rauen Wänden der Abstellkammer die Finger wund getrommelt. 3.600 Schläge in der Stunde. 86.400 am Tag. Halb so schlimm. Weil nicht einmal die halbe Wahrheit. „Hör auf zu trommeln, David!"

Dass Mama die Version der Studienkollegen. *Sie ist auf die Kammer zugetorkelt, darin verschwunden. Dann wohl eingeschlafen. Fazit. Ein Unfall.* Nie für plausibler hielt als meine. Dafür liebte ich sie ganz besonders. Denn sie wusste von meinen Exzessen. Dem ersten Filmriss mit knapp fünfzehn. Und es war ihr nicht neu, dass ich mich plötzlich zurückziehe, grundlos verschwinde. Eine Faschingsfeier. Gasteltern, die in der Nachbarschaft stundenlang nach dem Mädchen im Raumanzug suchten. Oder Pfarrfeste, Weihnachtsabende, Familientreffen, auf denen ich nach dem gezählt soundsovielten Wort keines mehr sagte. Umgekehrt. Hat Ina viel Fantasie. Zu viel. Immer schon gehabt. Das unbestimmt begabte Kind begeisterte sich zu sehr. Nicht nur für Reihen. Muster. Sondern das, was die meisten Erwachsenen Lüge nannten, sie hingegen das Mögliche. Weigerte sich einzusehen, dass, was denkbar ist, nicht zwangsläufig auch *ist*. Das Mädchen liebte Geschichten. Die Frau macht eine Schreibtherapie. Ihre Version.

Man hat mich erst mit K.-o.-Tropfen betäubt und dann in die Kammer geschleppt.

Tür zu. Kiste fertig. Probandin so gut wie tot.

Ein Insider-Revenge-Joke. Gone wrong. Das Motiv. Verletzte Eitelkeit. Neid.

Die Indizien. Zwei Worte. *Schrödingers Katze.* Zu sehen auf einem Ermittlungsfoto.

Während ich bewusstlos war, hat sie mir jemand mit Kugelschreiber auf den linken Unterarm gekritzelt. Nein, das war ich nicht selbst. Das ist nicht meine Schrift. Außerdem bin ich Linkshänderin.

Das Referat des Sohnes, der nach mir dran war, behandelte wie meines die Kopenhagener Deutung. Professor S brach es ab und riet dem Studenten, er solle sich die Sache von mir erklären lassen.
Professor S wie Schrödinger.
Die gute Studentin, ein Kätzchen, sein Schoßtierchen.
Oder anders. Die Katze in der Kammerkiste.
In der Überlagerung. Solange niemand nachsieht. Zugleich tot. Und lebendig.
Wer zugleich tot und lebendig ist, ist nicht real.
Nur die Katze, die gesucht und gefunden wird, existiert.
Bedeutungslos bleibt jene, die niemand vermisst.
Selbst wenn sie nicht gestorben ist, lebt sie heute nicht. Wirklich.
Die Angst kommt später, nach dem Happy End.

Ela kippt ihren Sitz zurück. „Stört dich das?"
„Gar nicht", erwidere ich und rutsche dann doch auf den Platz hinter David hinüber, ehe ich das Notebook aus der Tasche nehme und aufklappe.
Auf der virtuellen Bühne im gleißend hellen Scheinwerferlicht, das Raum und Publikum ins Dunkel taucht, atme ich auf, schwebe, fliege wie ein Stern durchs All.

III.
Im Innersten ist die Welt ungewiss

Liebe Pataphysiker:innen, werte Festgäste!

Alfred Jarry beschließt seinen denkwürdigen neowissenschaftlichen Roman, der die Disziplin der Pataphysik begründet, im Buch *Äthernitas* mit einer Berechnung der Oberfläche Gottes, des tangierenden Punkts von Null und Unendlich. Welche Folgen das Ergebnis für die Theologie, insbesondere die Vorsehungslehre zeitigt, hat meine Vorrednerin eben wortgewandt ausgeführt. Herzlichen Dank dafür!

Inspiration meines Referats – wie meiner Forschung – ist jener Kommentar, der gern und sinnigerweise im Anschluss an diese Berechnung publiziert wird. Es handelt sich um den *Nützlichen Kommentar zur sachgemäßen Konstruktion einer Maschine zur Erforschung der Zeit*. Sinnig, denn Zeit ist der ausgedehnte Punkt zwischen Null und Unendlich.

Doch ehe ich Sie, liebe Kolleginnen und Kollegen, im Detail mit meiner Arbeit vertraut mache, erlauben Sie mir ein paar allgemeine Worte, und ein persönliches!

Wie steht die Pataphysik zur Physik, oder besser, wo steht sie?

Und wie steht sie zur Metaphysik, steht sie da drüber? Wenn ja, weil sie über allem steht?
Fragen, mit denen wir Pataphysiker:innen uns immer wieder konfrontiert sehen. Zurecht! Pataphysik ist in gleichem Maße eine Wissenschaft der Antworten wie der Fragen. Ja, es ist ihre Bestimmung, dass ihr selbst unbestimmbar bleibt, wo genau bzw. wofür sie steht. Nur so bleibt ihr das Fragen speziell dringlich. Nicht zuletzt die spezielle Frage nach sich selbst.

Wenn es also das Wesen der Pataphysik ist, sich über sich selbst auszuhorchen, in der an sich selbst gerichteten Frage nach dem eigenen Standpunkt zu suchen, stellt sich die Frage, wie stellt sie das an?
Nun, ganz einfach, indem das *Pata* die *Physis*, die Natur, den Körper fragt:
Worauf stehst du? Einer Pfote? *Patte à physique.*
Und für wen stehst du? Für alle, aber nicht für dich? *Pas ta physique.*
Und woraus be-stehst du? *Pâte à physique.*

Sie sehen also, liebe Kolleginnen und Kollegen, es geht der Pataphysik weniger um die Zahl als ums Wort. Sie weiß. Ohne Wort keine Wissenschaft. Auch keine Naturwissenschaft. Es ist das Wort, das der Wissenschaft den Körper der Natur öffnet, damit die Zahl ihn vermessen kann. Ohne Erzählung bleibt sie dumm. Denn das Wort hat im Gegensatz zur Zahl, die zeit- und ausdehnungslos ist, eine Ahnung von der Natur, vom

Körper, weil es wie die Natur der Zeit unterworfen, vergänglich ist.

Und damit zum persönlichen Wort, das festhalten will, wie ich zu jener Wissenschaft stehe, die für alles und nichts steht:
Die Pataphysik ist mir alles! Und nicht nichts!
Sie hat mich gefunden, als ich mir verloren ging, und mich meiner Leidenschaft in Höhen folgen lassen, von denen Physiker:innen wie Metaphysiker:innen nur ahnen, dass sie existieren!
Meine Leidenschaft, werte Festgäste, ist die Zeit!
Die Entwicklung einer Zeiterforschungsmaschine wurde mir zur Lebensaufgabe!
Dabei beschäftigt mich folgendes Problem:
Wie kann es gelingen, dass die Maschine Fleisch ansetzt – weil nur Vergängliches die Zeit zu verstehen imstande ist – und also zur biografischen Maschine wird?

Anfangs galt es, Grundsätzliches zu klären; im Sinne Jarrys, der seine Zeitmaschine als etwas denkt, das uns von der Dauer, oder genauer, den Wirkungen der Dauer isoliert, stellte ich mir vier Fragen:
Passiert Gleichzeitiges für alle gleichzeitig?
Vergeht die Zeit überall gleich schnell?
Vergeht sie immer nur in eine Richtung?
Beeinflusst es Richtung und Geschwindigkeit, mit der Zeit vergeht, wenn ich sie beim Vergehen beobachte?

Newton betrachtet Zeit als absolute Größe, die überall gleich und ohne Bezug auf äußere Beobachter verläuft. Für Einstein ist Zeit relativ.
Und für mich?
Ein biografischer Fall. Sommerferien. Ich protestiere gegen die Teilnahme am Jungscharlager. Noch am Parkplatz klammere ich mich an Mama, schreie, *ich will nicht mit!* Aber sie besteht darauf, *du musst selbstständiger werden!*, und schenkt mir zum Abschied eine Taschenlampe. Der Bus fährt los; ich sende von meinem Platz, der sich genau in der Mitte befindet, einen Lichtblitz aus. Er erreicht Claudia, die vorne neben einer Betreuerin sitzt, die niemand mag, und David in der letzten Reihe gleichzeitig. Meine Mutter, an der der Bus vorbeifährt, ehe er in die Hauptstraße einbiegt, beobachtet hingegen: Das Licht ist früher bei David als bei Claudia. Die Uhren der Geschwister zeigen dieselbe Zeit an, wenn das Licht auf sie fällt. Diese unterscheidet sich von der Zeit, die Mama von ihrer Uhr abliest.

Wenn Gleichzeitigkeit von der Relativgeschwindigkeit der Beobachter abhängt, vergeht die Zeit wohl auch nicht für alle überall gleich schnell? Überlegte ich. Und tatsächlich tut sie es nicht!

Zeit verlangsamt sich in einem bewegten System, sprich: Uhren in Bewegung gehen langsamer als Uhren in Ruhe. 1971 umrundeten ein Physiker und ein

Astronom mit vier Atomuhren auf Linienflügen zwei Mal die Welt, erst ostwärts, dann westwärts, und bewiesen die Zeitdehnung oder, wissenschaftlich: Zeitdilatation. Nach dem Ostflug – einer Bewegung in Richtung der Erdrotation – gingen die Uhren gegenüber den im Labor am Boden verbliebenen nach. Nach dem Westflug gingen sie dagegen vor.

Die Erkenntnis, dass Zeit in verschiedene Richtungen dehnbar ist, ermunterte mich, Altern als unumkehrbaren Prozess infrage zu stellen. Zumal: In der klassischen Physik spielt die Gerichtetheit der Zeit, dass die Zukunft auf die Vergangenheit folgt, keine große Rolle. Und die Relativitätstheorie lässt Zeit und Raum in der Raumzeit zusammenfallen, jenem vierdimensionalen Ganzen, zu dem die Zeit eine, der Raum drei Dimensionen beisteuert. Wenn Raum und Zeit gleichwertige Dimensionen sind, sollte ich mich in der Zeit dann nicht ebenso frei bewegen können wie im Raum, wenn ich nur wollte? Zeigt der Zeitpfeil also in Wirklichkeit gar nicht so felsenfest in eine Richtung? Und folgt aus dem *könnte-wollte*: Nicht nur die Zeit, auch die Realität ist relativ?

An diesem Punkt wechseln wir vom Makro- in den Mikrokosmos, liebe Kolleginnen und Kollegen, von der Wissenschaft des Allgemeinen zu der des Speziellen, dem Herzstück pataphysischer Theorie.

Das Allgemeine – die klassische, Newtonsche Physik – muss sich von uns den Vorwurf gefallen lassen, zu deterministisch zu sein, oder weniger wissenschaftlich ausgedrückt, die Welt zu einem langweiligen Ort zu machen. Denn in letzter Konsequenz besagen ihre Gesetze: Wären Ort und Impuls jedes einzelnen existierenden Teilchens bekannt, könnte die Zukunft des gesamten Universums präzise vorhergesagt, seine Vergangenheit vollständig entschlüsselt werden. Nur ambitionslose Köpfe – und die finden sich in unseren Reihen nicht (Pause für möglichen Applaus) – gewinnen diesem Gedanken etwas ab, impliziert er doch: Was wir tun, ändert nichts; dass es beobachtet, erforscht wird, ist dem Universum, *merdre*, piepscheißschnurzegal! Was es antreibt, gleicht einem Uhrwerk, das, einmal aufgezogen, unbeirrt sein Programm abspult; alles läuft auf vorbestimmten Bahnen dahin. Wie ewig fad wäre das!

Ja, ich behaupte sogar: Hätte das Zufällige, Vage, Uneindeutige im Universum keinen Platz, der Aufwand lohnte sich nicht. Es wäre sinniger, vom Big Bang gleich zum Big Crunch vorzuswitchen.

Einstein sagt, Gott würfelt nicht.
Ich sage, dann hätte er sich die Mühe sparen können.
Ein schöpferischer Gott ist nur als Würfelnder vorstellbar.
Und sein Schoßtier ist eine Katze.

Die erklärt. Im Innersten ist die Welt ungewiss! Ist nichts real, alles nur wahrscheinlich! Weil allgemeingültige Gesetze nur im Großen und Ganzen widerspruchsfrei gültig sind; im speziell Kleinen gelten paradoxe Regeln!

Regel Nummer eins. Erst die Beobachtung schafft eine beschreibbare Wirklichkeit.
Regel Nummer zwei. Wir können die Vorgänge im Innersten nur unzureichend beobachten und verändern durch unsere Beobachtung die Welt.
Spricht die Katze. Aber wer ist dieses *wir*?
Sind Sie, liebe Pataphysiker:innen in diesem *wir* mitgemeint, ist es jedes Tier?
Kann eine Maus das Universum dadurch verändern, dass sie es ansieht?

Wieso gerade eine Maus? Einstein brachte sie gegen Schrödingers Katze ins Spiel; er hoffte wohl, deren Raubtier-Instinkt bräche durch und sie würde die Maus fressen, denn Einstein hat einer Maus diese Macht nicht gegönnt. Das Universum zu verändern. Durchs bloße Anschauen. Ohne es zu durchschauen.
Ich gönne ihr diese Macht, ich gönne sie Ihnen. Und ich weiß, Sie gönnen mir, dass ich, wie die Maus, ein Teilchen dazu zwingen kann, zu einem bestimmten Zeitpunkt an einem bestimmten Ort zu sein, indem ich es beobachte, also messe. Danke!

Gönnen wir Mäuse und Menschen auch umgekehrt dem kleinen Teilchen die Freiheit, dass es sich uns entzieht, in die Wahrscheinlichkeit flüchtet und zur Welle wird, gleichzeitig hier und da ist, wenn niemand von uns hinschaut. Ich tue es gern!

Soweit, so gut. Bleibt die Frage, was gönne ich der Katze? Was gönnt Schrödinger ihr?
Ich bedauere, die Antwort lautet: nicht viel. Er sperrt sie in eine Kiste!
Tierquälerei, rufen Sie?! Keine Sorge, es ist nur ein gedanklicher Käfig! Und sie bleibt nicht allzu lange drin! Doch zugegeben, es ist gefährlich:
Denn Schrödingers Katze sitzt neben einem physikalischen Apparat mit radioaktivem Material. Wenn, was wahrscheinlich ist, innerhalb der nächsten Stunde ein Atom des radioaktiven Präparats zerfällt, wird ein Mechanismus dafür sorgen, dass ein Hammer eine Phiole mit Blausäure zertrümmert. Die Katze atmet den giftigen Dampf ein und stirbt. Weil radioaktiver Zerfall aber, wie jeder Quantenvorgang, nicht exakt vorhergesagt werden kann, also nur mit großer Wahrscheinlichkeit innerhalb einer bestimmten Zeitspanne eintritt, könnte es auch sein, dass die Katze nach einer Stunde noch lebt. Da nichts von den Ereignissen in der blick- und schalldichten Kiste nach außen dringt, kann selbst der aufmerksamste Beobachter nach einer Stunde nicht sicher sagen, ob der Zerfall schon stattgefunden hat, die Katze tot oder lebendig ist. Solange

die Kiste ungeöffnet bleibt, niemand nachsieht, ist sie beides zugleich, wibbelt (Gelächter) in der Überlagerung von zwei Zuständen, in diesem Fall Leben und Tod.

Das System aus Katze, Kiste und Apparat lässt sich durch eine Wellenfunktion beschreiben. Sie gibt die Wahrscheinlichkeit an, die Katze in der Kiste zu einem bestimmten Zeitpunkt tot oder lebendig anzutreffen. Die tatsächliche Erkenntnis – die Katze ist tot oder die Katze ist lebendig – gewinnt nur, wer die Kiste öffnet, die Katze beobachtet, sprich, eine Messung durchführt. Die Messung bringt die Wellenfunktion zum Kollabieren. Im Kollaps wird aus Wahrscheinlichkeit Realität, die Katze als tote oder lebendige in einem bestimmten Zustand in der Wirklichkeit fixiert.

Wie es sich anfühlt, lebendig zu sein, wissen wir; vom Tod haben wir eine Vorstellung. Aber wie ist es, in der Welle der Wahrscheinlichkeit zu leben? Und überhaupt, wie wallt die Welle? Wie eine des Wassers oder doch des Schalls? Ich höre es rauschen – Musik? Nein, es ist das Rauschen des Zweifels:
Wenn Beobachtungen die Wirklichkeit verändern, Dinge erst dadurch real werden, dass wir sie messen, die Katze erst stirbt oder weiterlebt, wenn wir die Kiste öffnen, inwiefern kann dann noch von einer objektiven Wirklichkeit die Rede sein?

Akzeptieren wir, dass erst die Beobachtung Wirklichkeit schafft: Welches Schicksal ereilt die Katze, wenn ich die Kiste öffne, aber nicht hineinschaue? Kollabiert die Wellenfunktion trotzdem? Ober bleibt die Katze, bei offenem Deckel, auf ewig unwirklich? Und was passiert, wenn ich stellvertretend für Sie, liebe, um das Wohlergehen der Katze Besorgte, in die Kiste schaue, die Wellenfunktion zum Kollaps bringe und Ihnen das Ergebnis meiner Beobachtung mitteile; kollabiert die Wellenfunktion für jeden von Ihnen erneut? Und würde – die Überlagerung kollabierender Wellenfunktionen zu Ende gedacht – es nicht in letzter Konsequenz bedeuten, dass da jemand sein müsste, der das Universum beobachtet, um seine Wellenfunktion zum Kollaps zu bringen und es real werden zu lassen? Etwa der Gott, der nicht würfelt?

Eine mögliche Lösung aller Realitäts-Probleme: die Viele-Welten-Theorie.
Die Wellenfunktion kollabiert nicht. Es gibt zwei Katzen. Eine tote. Eine lebendige. Sie existieren parallel. Da ist die eine Welt, in der das Atom zerfällt und die Katze stirbt, und die andere, in der die Phiole mit Blausäure intakt bleibt und die Katze lebt. Beide Welten sind real. Mit dem Öffnen der Kiste, durch unsere Beobachtung, entscheiden wir uns für eine der beiden. Diese Entscheidung schneidet uns zugleich den Zugang zur anderen Welt ab.

Was aber wenn? Die Welten-Theorie angenommen.
In einem besonderen Fall.
Die Wellenfunktion doch ein bisschen kollabierte.
Die Entscheidung für die eine oder andere Welt nicht klar genug ausfiele, weil die Katze nicht mit Absicht, sondern bloß zufällig befreit würde, und der Blick, der über ihr Schicksal entschiede, ein interesseloser wäre.

Ich stelle mir vor, dass jener, der die Katze in die Kiste sperrt, die Lust am Experiment verliert, es nicht zu Ende führt, weggeht, die Katze in der Kiste zurücklässt und auf sie vergisst; dass sie niemand vermisst. Bis irgendwann ein anderer vorbeikommt, jemand, der nichts von ihr weiß, über die Kiste stolpert und dabei den Deckel verschiebt, die Kiste also bloß aus Tolpatschigkeit öffnet und die Katze in Unkenntnis seiner Macht weder erwartungsvoll noch erleichtert anschaut, sondern gleichgültig.
Ich stelle mir vor, dass sein Blick sie bloß streift, statt sie zu beobachten, dass er sie so beiläufig wahrnimmt wie ein Blatt in einem Laubhaufen, sich gleich wieder abwendet und weitergeht.
Die Katze in der ersten Welt ist dann weder ganz tot noch ganz lebendig.
Aber auch der Zustand der Katze in der zweiten Welt bleibt verschwommen.
Beide Katzen werden zu Mischwesen.
Gefährliche Spezies, sagen Sie? Gewiss!

Aber nicht nur! Uns Pataphysiker:innen bietet diese Spezies eine heilige Chance!

Wenn es nicht gelingt, die Katzen eindeutig in einer Realität zu fixieren, ein bisschen Leben im Tod bleibt und ein bisschen Tod ins Leben schwappt, wenn das Beil der Entscheidung nicht scharf genug ist, die Welt der Lebendigen klar von jener der Toten zu trennen, wenn die Verbindung zwischen beiden einen Spaltbreit offen bleibt, ja dann …!
Was ist dann alles möglich!
Was plausibel!
In der unaufgelösten Überlagerung von Leben und Tod, im Ineinanderfließen von Zeitlichkeit und Zeitlosigkeit, kann, soll, muss der Zeitpfeil durcheinanderkommen!
Das Unmögliche möglich werden.
Die biografische Maschine zur Erforschung der Zeit.
Wirklich.
Fleisch von meinem Fleisch.

Und so lassen Sie mich an dieser Stelle persönlich werden … *Seminarraum an der Fakultät für Physik. Freitagabend kurz vor acht. Eine lange Geschichte …*, um am entscheidenden Punkt – hops! – von einer Kammer-Kiste in die andere zu springen.
Ich lade Sie ein: Springen Sie mit mir!

In der anderen Welt holt Mama David nicht in Linz ab, sagt sich, *wie komme ich dazu?!*, und wartet Samstagvormittag in der Mariahilferstraße auf mich. Als ich nicht auftauche, ist sie beunruhigt. Ruft erst Xenia an, dann Claudia. Dann David. Dann wieder Xenia. *Haben Sie wirklich keine Ahnung, wo Martina ist? Wann haben Sie sie zuletzt gesehen? Kennen Sie vielleicht jemand, der etwas wissen könnte? Denken Sie nach! Bitte! Ich mache mir Sorgen!*
Ist ihre Suche erfolgreich? Nein.
Auch in der anderen Welt werde ich bloß zufällig befreit. Und hie wie da rümpfen die Bauarbeiter über den beißenden Geruch die Nase, halten mich für betrunken, weil ich nur mit Mühe aufrecht stehen kann. Erst als ich erkläre, *ich wanke vor Erschöpfung*, und wie manisch eine Telefonnummer wiederhole, zeigt einer Mitleid. Wählt sie und hält mir sein Handy ans Ohr.

Und da passiert es.
Ina? Endlich!! Wo warst du?! Die aufgewühlte Stimme der Mutter, ihre Erleichterung. Dass sie vermisst wurde, holt die Tochter zurück ins Leben.

In dieser Welt hat Mama auf mein heiseres Hallo *Ah du bist's, wie geht's dir? Hast du dich verkühlt?* geantwortet. Ich wurde nicht beobachtet, nicht einmal aus zweiter Reihe.

Zwei Welten.
Zwei Martinas,
die eine nur unmerklich lebendig,
die andere nur ein bisschen tot.
Die Gleichzeitigkeit, die sie verband, gerät aus dem Lot.
Das Leben der einen verlangsamt sich,
das der anderen wird jetzt richtig schnell.

Die eine zieht, aus dem Krankenhaus entlassen, wieder in ihr Kinderzimmer zu den Eltern. Schmeißt Vorlesungen und Seminare. Scheitert an Prüfungen.

Die andere kehrt in die WG zu Xenia zurück. Beendet das Seminar. Absolviert Prüfungen und promoviert schließlich mit nur zweiundzwanzig Jahren summa cum laude. Es folgt ein Postdoctoral Research Fellowship bei der European Space Agency. Dann ein vielstufiges Auswahlverfahren.
2006 wird Martina als jüngste und erste österreichische Astronautin der Öffentlichkeit vorgestellt.
2007 beginnt sie ihr Training am European Astronaut Centre in Köln, das sie 2008 erfolgreich abschließt.
Schon 2009 wird sie für eine Mission nominiert.
Ende 2011 startet sie ins All. Geplante Dauer ihres Aufenthalts auf der Internationalen Raumstation: 141 Tage.
Nur Stunden, bevor am 107. Tag Weltraumschrott die Rettungskapsel beschädigt und ihre Rückkehr weit

über das geplante Missionsende hinaus verzögert, bestätigt ihr das medizinische Team im Kontrollzentrum, dass sie schwanger ist. Im vierten Monat. Dabei verhütet sie seit Jahren, schon um die Regelblutung zu unterbinden; für Hygieneartikel ist auf der ISS kein Platz, die Menstruation im All ein logistisches Problem. Die Geburt ein medizinisches. Die Schwerelosigkeit macht sie lebensgefährlich.
Doch die neue Rettungskapsel trifft nicht rechtzeitig ein. Und das Wunder geschieht.
Am 264. Tag, bei maximaler Fluggeschwindigkeit, wird die andere Martina auf der Raumstation von einem Mädchen entbunden. Miranda. Ein Feuermal bedeckt ihre linke Wange, als hätte sie ein Stern geküsst. Mutter und Tochter sind wohlauf.
Am 274. Tag, im August 2012, reisen Martina und Miranda zur Erde zurück und werden an einem geheimen Ort von einem wissenschaftlichen Team in Empfang genommen.
Erste Untersuchungen ergeben. Alle Werte normal.
Am 278. landen sie in Wien.
Eile ist angesagt.

Miranda ist fünf Erdentage alt, als Martina mit ihr im Arm am Sterbebett der Mutter sitzt. Nachdem diese ihren letzten Atemzug getan hat, wird Mirandas Körper plötzlich leichter.
Am sechsten Erdentag werden ihre Fingerspitzen durchsichtig.

Am siebten verschwimmen die Konturen ihrer Hände.
Am achten lösen sich Arme und Beine von den Rändern her auf.
Am neunten verblassen die Züge ihres Gesichts.
Weitere Untersuchungen ergeben: Miranda entschwindet.
Ein Mischwesen zur Mutter, hat sich ihr Zeitpfeil umgedreht. Im All haben ihn hohe Geschwindigkeit und fehlende Schwerkraft in der üblichen Richtung gehalten.
Hier unten, auf der Erde, altert Miranda rückwärts.
2011 wird sie ihren ersten Geburtstag feiern,
1982 ihren dreißigsten.
1960 wird Miranda zweiundfünfzig werden.
Ihre Großmutter wird dann elf Jahre alt sein.
Wird Miranda ihr je begegnen?

David macht den Blinker an, wir wechseln die Spur und biegen in die kurze Abfahrt zur Raststation ein. St. Marein markiert ziemlich genau das Ende des zweiten Drittels der Strecke nach Ametsberg. Deshalb haben wir hier auf der Rückfahrt nie Halt gemacht. Und früher, auf den allerersten Reisen, an die ich mich erinnere, sind wir nur auf Parkplätzen stehengeblieben. In sicherer Entfernung der Sattelschlepper, deren Anblick mir unheimlich war wie Fotos gestrandeter Wale. Die Natur, die die Parkplätze umgab, war unfreundlich; ich vertrat mir die Beine auf verbrannten Wiesen voller Hundekot und Müll, sprang über dürres, geknicktes Gestrüpp, lief im Slalom auf muffig riechende Wäldchen zu. *Halt, komm zurück.* Die im Boden verankerten Holzbänke und -tische, auf denen wir jausneten, glühten und waren so rau, dass ich mir Schiefer einzog. David lachte, ich wurde wütend. Auch andere Reisende waren gereizt. Ich erinnere mich an ein Paar, das sich mit Wurstsemmeln bewarf, einen Mann, der seinen Hund schlug, eine Frau, die Mama beschimpfte, als sie Claudia und mir mit einer Jacke Deckung gab, während wir in der Nähe einer verdreckten WC-Anlage ins dürre Gras pinkelten. An Hygienetücher, die scharf nach Arzt rochen, statt frisch nach Sommer wie die Zitrone, die auf der Verpackung abgebildet war. Am deutlichsten aber an die Erleichterung, sobald Mama die Kühltasche wieder im Auto verstaute und *Einsteigen!* rief. Den Jubelschrei, kurz bevor wir losfuhren. Die Anspannung, wenn Papa aufs Gaspedal trat, nachdem der Blinker verstummt war, der heranrasende Autos bat: Lasst uns zurück in die Spur. Wie ich mich schließlich zurücklehnte und eintauchte in das Gefühl, alles ist gut.

Die Jahre der Parkplätze
Und Primzahlen,
Der Kindheit, in der alles gut wurde,
Das Leben eine Reihe, eng, eindeutig und verlässlich war.

Ein Parkplatz ist ja noch nicht einmal wirklich ein Platz.
Bloß eine Kurve, eine Ausbuchtung,
Die nur eine Richtung kennt.
Von A nach B,
Da hinein, da hinaus.

Der Eintritt ins Alter der Raststationen,
In dem die Zeit ihre Verlässlichkeit verlor,
Das Glück von einer festen zur variablen Größe wurde,
Die Strecke zum Kreis.

Die biografische Maschine, wo stellen wir sie also auf?
Ja, da, genau da vorn!

Das dottergelb gestrichene Gebäude mit rotem Ziegeldach, das hinter der Tankstelle auftaucht, beherbergt ein Restaurant und einen Shop mit Trafik, in der die Eltern außer Zeitschriften noch Brief- und Rubbellose kauften. Jedes Kind bekam zwei. Erst damit begann der Urlaub. Claudia gewann fast immer etwas, David manchmal, ich nie, was mich als Zehn- bis Zwölfjährige enttäuschte; als Dreizehnjährige begann ich mich darüber zu freuen, mit vierzehn hoffte ich geradezu darauf, Nieten zu ziehen. Denn statistisch gesehen stieg mit jedem *Leider kein Gewinn* die Chance auf den Jackpot.

Aus der Brieflos-Schilling-Million wurden 100.000 Euro, aus den langen Familienurlauben kürzere Mutter-Tochter-Trips, die Pechsträhne hielt an. Das letzte auf dem Weg nach Kärnten erworbene Rubbellos, das Mama der Achtundzwanzigjährigen schenkte, versprach als Hauptpreis monatlich zweitausend Euro, ein Leben lang. Ich habe es nicht gezogen, aber immerhin erstmals zwanzig Euro gewonnen. Ich gab sie sofort für Zigaretten aus.

Woher das Bedürfnis Zeiterforschender kommt, ständig etwas zwischen den Lippen haben zu müssen? Jarry hat mit seinen letzten Worten nach einem Zahnstocher verlangt. Ich werde dereinst nach einer Zigarette oder aber einer biegsamen Zwischenraumbürste rufen und mich einer notwendigen Eigenschaft aller pataphysischen Instrumente zur Erforschung der Zeit erinnern: Elastizität! Da Zeit, ein Geschoss, das Forschungsinstrument durchfahren können muss, ohne es zu beschädigen, elastisch sein soll wie Eis, das sich nach dem Einschnitt eines Eisendrahts wieder schließt.

Was für das Instrument gilt, gilt auch für den Ort, der Instrument ist.

Eine Raststation ist per definitionem elastisch angelegt.
Offen und doch begrenzt.
Ort der Bewegung und des Stillstands.
Ein Übergang.
Der selbst nie Ziel ist.

Wer plant schon eine Reise zu einer Raststation?
Sondern stets nur Mittel zum fernen Zweck.

Die Maschine ist also aufgestellt.
Werfen wir sie an!
Lassen wir die Luft der Wahrscheinlichkeit aus der Kiste.
Und die Mannigfaltigkeit wird real!

Sie sagen, das sei unmöglich? Warten Sie's ab!

„Woran schreibst du?" Ela dreht sich mit müden Augen zu mir um. „Du tippst sehr schnell."

„Und sehr laut", ergänzt David.

„Stört es euch?"

„Im Gegenteil, ich finde es beruhigend. Dein Anschlag klingt, als könntest du gut Klavier spielen, erinnert mich an Davids."

„Tatsächlich hab ich eine Zeit lang gespielt, war aber ziemlich unbegabt und gab es auf, nachdem ich mir bei einem Fahrradsturz den Arm gebrochen habe."

„Die Begeisterung für Geschwindigkeit ist Ausdruck der Hoffnung, die Zeit zu überlisten", verkündet David. „Erinnerst du dich, du wolltest, dass ich dir den Satz auf den Gips schreibe. Du hast mich ihn erst üben lassen, damit ich keinen Fehler mache, und dann doch Mama gebeten. Von wem ist er?"

Ich komme gerade noch dazu, „von mir“ zu antworten, da entdeckt David Claudias Auto, bremst ab und parkt ein.

Wir sind da.

Achten Sie auf die Maus und/oder Katze!

Je nachdem, welcher Typ Sie sind.

IV.
Marein – Wer sucht Martina?

Die gedehnte Zeit

„Du kannst deine Tasche im Auto lassen", sagt David.

Aber ich steige mit ihr aus. Ich habe sie gern bei mir. Sie enthält neununddreißig Erinnerungsstücke, eines für jedes Lebensjahr. Es sind ganz gewöhnliche Dinge, die ich sammle, Dinge, die ich überallhin mitnehmen kann. Sie müssen leicht und handlich sein und dürfen bei Sicherheitschecks nicht auffallen. Besonders macht sie die Situation, der sie entstammen, ihre Geschichte. Ein vierzigstes, für dieses Jahr, fehlt noch.

Der Himmel ist grau. Tiefe konturlose Wolken. Die Luft feucht und schwer, und ich bin plötzlich so traurig, dass ich wieder einsteigen möchte.

Für mich, die Geschwindigkeit berauscht, ist Stillstand wie ein Kater. Nein, eine graue Katze. Sie sitzt an der Ausfahrt und beobachtet die Straße. Ruhig. Lauernd. Sie scheint den Lärm gewöhnt. Ob sie den Besitzern der Raststation gehört? Die Tasche rutscht mir von der Schulter, und ich verliere die Katze kurz aus den Augen. Als ich Ela auf sie aufmerksam machen will, ist sie verschwunden.

Ich trage nie helle Kleidung. Zu unpraktisch. Nie etwas Buntes. Weil es nicht zu mir passt. Jetzt hätte ich Lust dazu. Ehe David sich bei Ela unterhakt, mustert er sie, dann mich, als würden ihm erst die schwarzen Jacken und Hosen bewusst machen, was uns hierherführt. Drei Nachtgestalten. Eine vierte drüben vor dem Eingang. Im Anzug. An der Farbe werdet ihr euch erkennen.

Ich winke Gernot zu. Er hat abgenommen.

Als Claudia ihn eines Sonntags nachhause einlud, platzte ihm beim Essen das Hemd. Claudia bestand darauf, die beiden Knöpfe auf Nabelhöhe noch vor der Nachspeise anzunähen. Doch statt Gernot hinauf ins Bügelzimmer zu bitten, wo Mamas Nähkorb stand, holte sie Zwirn und Nadel und nähte sie ihm bei Tisch, sitzend, an. Dabei beugte sie sich über seinen Schoß. Es sah aus, als würde sie ihn blasen. Als sie den Faden mit den Zähnen abbiss, wurde er rot.

Gernot dämpft eilig die Zigarette aus, als die automatische Tür aufspringt und eine Gruppe sich zwischen uns schiebt. David und Ela drängen hinein, ohne ihn zu begrüßen.

„Das war Ela, Davids Freundin“, kläre ich ihn auf. „Seit wann rauchst du wieder?“

„Seit heute!“ Gernot hält mir die offene Packung hin, sie ist halb leer, ich zögere. „Und du, bist du dabei, es dir abzugewöhnen, oder überlegst du: Von wem hat er sich noch anschnorren lassen, wie viele schmutzige Finger waren da schon drin?" Er lacht. „Du hast dich nicht verändert, Martina! Oder doch! Wenn ich dich so anschaue, du bist noch dünner geworden, siehst mitgenommen aus, da muss ich Claudia recht geben, sie hat deinetwegen ein schlechtes Gewissen", flüstert er mir zu und kommt mir dabei so nahe, dass ich seinen säuerlichen Atem rieche. „Da, jetzt nimm schon, dann zünde ich mir auch noch eine an." Ich greife zu. Gernot weicht zurück, abwartend. Er und ich haben uns früher stets mit Sticheleien begrüßt, es war ein Spiel, bei dem ich jetzt erwidern müsste, *auch du hast mir dicker besser gefallen*, aber ich habe keine Lust dazu. Nicht heute.

Er hustet. „Du errätst nicht, wer noch bei uns im Auto sitzt: deine Cousine Sibylle, die Klima-Aktivistin! Seit dem Semmering empört sie sich über deine Vielfliegerei. Sei froh, dass du bei David mitfährst!"

„Woher weiß sie ...?"

„Von Sophie, die das übrigens auch nicht gut findet; was denkst du dir nur dabei?!"

„Du fährst doch auch bloß Bahn, wenn dir der Führerschein abgenommen wurde."

„Das war einmal! Ich trinke nicht mehr! Hat Claudia nichts erzählt?"

„Sie redet mit mir nie über dich."

„Schade! Denn von dir höre ich viel – zu viel, wenn ich ehrlich bin."

„Seid ihr schon lange da?“, frage ich, um abzulenken.

„Ja, deine Schwester hat heute ein Tempo drauf! Sie will nach dem Begräbnis sofort zurück, wir werden nicht zum Essen bleiben.“

„Wir übernachten. David hat schon Zimmer reserviert.“ Mist, denke ich. Gernot nimmt einen Zug und hustet erneut. „Du rauchst wie ein Anfänger!“

Er lacht. „Sophie zuliebe sollte ich es sein lassen. Du hast ihren Geburtstag übrigens wieder vergessen! Warum kannst du, Zahlengenie, dir ein einfaches Datum nicht merken? Du ahnst nicht, wie sehr Sophie deine Gleichgültigkeit kränkt, immerhin bist du ihre Patin!“

„Ich habe euch gewarnt, dass ich in der Rolle nichts tauge! Und sie hat ja auch noch eine zweite.“

„Trotzdem könntest du dich bei ihr entschuldigen. Sie hat dir einen Artikel geschickt. Hast du ihn gelesen?“

„Ich bekomme täglich so viele Mails...“

„Sophie hat über eine Frau recherchiert, sagt dir Sarah Krasnoff etwas?“

„Nein.“

„Eine ältere Witwe, die 1971 am Jetlag starb; Herzinfarkt durch Erschöpfung, kurz nach ihrer Ankunft aus New York in einem Hotel in der Nähe des Amsterdamer Flughafens. Im Zuge eines Sorgerechtsstreits hat sie innerhalb weniger Monate mit ihrem Enkel mehr als hundertsechzig Mal den Atlantik überquert. Immer nur auf dieser Strecke. Wenn sie morgens in Amsterdam ankam, flog sie, manchmal ohne den Flughafen zu verlassen, noch am selben Tag nach New York zurück."

„Klingt interessant!"

„Du bist schon seltsam..."

„Was meinst du?"

„Interessant?! Sophie sorgt sich um dich! Claudia hat ihr erzählt, du fliegst jetzt noch mehr als vor der Pandemie. Zuletzt seist du fast fünf Tage durchgängig in der Luft gewesen."

„Ja, nur drehe ich nie um, ich fliege stets nach Osten, in Richtung der Erdrotation, nicht gegen sie."

„Aha und wieso?"

„Das ist nicht einfach zu erklären."

„Versuch' es, ganz so dumm bin ich nicht!"

„Ich fliege, um mein Leben zu verlangsamen, um die Zeit zu dehnen. Ich will so weit hinter der Zeit am Boden zurückbleiben, dass die Vergangenheit zur Gegenwart wird."

„Verstehe ich nicht."

„Ich will einen Augenblick einholen, der in der Vergangenheit liegt; ich fliege ihm entgegen, das heißt, ich fliege ihr entgegen, ich muss sie noch einmal sehen! Ich fliege, um den letzten Atemzug meiner Mutter einzuholen!"

Gernot starrt mich an. „Du bist ja verrückt!"

„Jetzt, hier unten, weiß ich, dass es verrückt ist. Aber wenn ich fliege, glaube ich daran, sage, *sei noch einen Atemzug da, Mama,* und vergesse die Wirklichkeit am Boden."

Gernot fischt eine dritte Zigarette aus der Packung. „Ich versteh's immer noch nicht, aber es berührt mich." Seine Hände zittern.

„Denkst du, Sophie hätte unter diesen Umständen ein wenig Nachsicht mit meinem klimaschädlichen Verhalten?"

„Sophie bestimmt! Aber Sibylle, keine Chance! Sie hat uns ihren aktivistischen Lebenslauf in allen Einzelheiten ... vom ersten Protest gegen Pelzfarmen bis zur jüngsten Klebeaktion in einem Museum. Sie ist sehr eloquent, das muss ich ihr lassen, hat sie von ihrem Vater."

„Arbeitet er noch als Versicherungsvertreter? Ich habe gelesen, für Ex-Priester kein untypischer Beruf."

„Angst machen können sie! Aber nein, er hat sein soziales Gewissen wiederentdeckt und ist jetzt in der Obdachlosenhilfe tätig. Deine Schwester spendet seinem Verein regelmäßig, sie hat ein großes Herz, du kennst sie ja."

Ich nicke und trete die Zigarette aus. Will gehen, aber Gernot hält mich zurück. Er schwitzt.

„Warte einen Moment, ich bin noch nicht soweit! Ich war so lange nicht mehr mit Claudia unterwegs, mit ihr und Sophie, wir drei gemeinsam, ich bin nervös." Sein Griff lockert sich. „Ich habe mich auf diese Reise gefreut, versteh' das nicht falsch, deine Großmutter hat mir viel bedeutet, wie deine Mutter, ich denke oft an sie. Nach Claudia war sie der beste Mensch, den ich je kennengelernt habe!" Er macht Anstalten, mich zu umarmen.

„Lass uns reingehen, Gernot!"

„Nur eines noch: Seit über zwei Jahren habe ich keinen Tropfen mehr angerührt! Dinge, die ich gesagt habe, wenn ich zu viel intus..."

„Schon gut."

Er klopft mir dankbar auf die Schulter. Seine Hand hinterlässt einen feuchten Fleck auf der Jacke. Ich suche nach einem Taschentuch und tupfe die Stelle ab.

Der Gang vor mir teilt sich, führt geradeaus an den Toiletten vorbei ins Restaurant; linkerhand geht es in den Shop.

Die Neuner- und Zehnerreihen. Oma 1919, Mama 1949. Ihr jüngster Bruder, der Vater von Sibylle 1959. Claudia 1979. Sophie und Sibylle. Zehn Jahre auseinander.

Der sehnlichste Wunsch der Großeltern, dass einer ihrer Söhne Priester wird; ihr jüngster, das schönste ihrer Kinder, mit vollerem Haar als die anderen, leicht gewellt, und feineren Zügen, hat ihn erfüllt. Und mehr. Mit nur Anfang dreißig eine Pfarre übernommen. In der Diözese von sich reden gemacht. Er begeisterte die Jugend. Dann wurde seine Vaterschaft publik. Er musste sein Amt niederlegen. Heiratete. Oma ist nicht auf seiner Hochzeit gewesen und wollte Sibylle erst nicht sehen. Die Ehe ging bald in Brüche.

Im Restaurant riecht es nach Suppe und Frittieröl. Die Uhr an der Wand, gleich neben der Tür, ist stehen geblieben. Sie zeigt fünf nach acht. Um diese Zeit waren wir noch in Wien. Sonst scheint der Gastraum unverändert. Die Bezüge der Stühle und Bänke sind immer noch weinrot, die Angebotstafeln wie früher fünfzeilig beschriftet, es gibt nur ein Mittagsmenü, und in der Vitrine neben der Theke liegen Kuchenstücke, die Schnittflächen sind nicht mehr ganz frisch.

„Du kannst so nicht weitermachen!", warf Claudia mir bei unserem letzten Treffen vor einundvierzig Tagen an den Kopf. Sie hat so lange geläutet, bis ich ihr öffnen musste. Sie weiß, dass ich es nicht mag, wenn sie unangekündigt vorbeikommt. „Du gehst vor die Hunde! Bist übernächtig. Mager. Ein Schatten! Wie lange warst du diesmal unterwegs? Sag schon, wie viele Flüge nacheinander? Du übernimmst dich, Martina! Seit Mamas Tod bist du mehr und mehr verwahrlost. Wenn ich dich anrufe, stotterst du, weil du so lange kein Wort gesagt, mit keinem geredet hast. Es ist dir egal. Es sollte dich beunruhigen! Du nennst dich Zeitforscherin und merkst nicht, dass dein Leben stillsteht! Du bist dir selbst unähnlich geworden, Martina! Das hochbegabte, freche Mädchen, das ich bewunderte für seine Intelligenz, seine Lässigkeit, wo ist es hin? Heute machst du mir Angst. Deine Einsamkeit macht mir Angst. Du bist der Welt gegenüber so gleichgültig geworden, dass es weh tut, mit dir zusammen zu sein! Ich bin nach jedem Treffen mit dir leer und fühle mich ausgelaugt und obwohl ich heulen möchte, habe ich keine Kraft dazu. Wenn ich dich aufgebe, was wird aus dir?"

Hinten, in der Nische, am größten Tisch mit Blick hinüber in den Shop, sitzen David, Ela, und mit dem Rücken zu mir, Claudia. Noch bevor ich Hallo sage, dreht sie sich um, springt auf und drückt mich. Dabei lehnt sie ihren Kopf so fest gegen meine Brust, als wollte sie mein Herz abhören. Ich rieche ihr Deo, es erinnert mich an das von Mama, und mir wird warm. Und doch erwidere ich ihre Umarmung linkisch.

„Schön, dich zu sehen, Ina! Wie gut, dass du da bist! Wo warst du so lange?"

„Ich habe mit Gernot eine geraucht."

„Gernot?! Der liegt zuhause krank im Bett! Corona! Es hat ihn ziemlich heftig erwischt. Sophie ist seit vorgestern positiv."

„Aber ich habe ihn doch eben…", rufe ich und glaube dann zu verstehen, „wo hat er sich versteckt?"

Doch Claudia, die ihre Freude, mich hereingelegt zu haben, früher nur schwer verbergen konnte, bleibt ernst. „Was meinst du?"

„Ihr habt ihn doch auch gesehen!", wende ich mich an David und Ela. Die beiden schütteln besorgt den Kopf.

Claudia zieht mich neben sich auf die Bank. „Ich habe mich heute früh getestet, setze mir aber gern eine Maske auf, wenn du..."

„Und wo ist Sibylle?"

„Sie fährt bei ihrem Vater mit. Wie kommst du auf sie?"

Ein Kellner tritt an den Tisch, und Claudias Verwunderung zerfließt in Große-Schwestern-Attitüde, *ich habe für dich ein Mineral bestellt, Ina*. Sie hat immer schon gern organisiert. Als die Getränke verteilt sind, lässt sie sich die Karte geben, *wie ich dich kenne, hast du heute noch nichts gegessen*, und reicht sie mir weiter. Ich blättere darin. Von den Snacks über die Hauptspeisen zu den Beilagen. Zur Portion Pommes. „Einen doppelten Espresso, bitte."

Das Gasthaus, das die Eltern mit uns Kindern gelegentlich besuchten, servierte Pommes, weich und dick wie Marshmallows. Die Tischdecken waren so lang, dass meine über dem Boden baumelnden Schuhe sich in ihren Falten verfingen. Mitten im dunklen, holzvertäfelten Raum stand ein großes Aquarium. Seine höhlenartige Landschaft bewohnten exotische, schillernd bunte Fische, von denen ein Kellner erzählte, sie seien höchst empfindlich und sehr teuer. Aus Angst, wir könnten uns den Restaurantbesuch sonst nicht leisten, habe ich nur Pommes bestellt. Auch beim nächsten und übernächsten Mal. *Nimm doch einmal etwas anderes, Ina!* Ich weigerte mich. Wir gingen nicht mehr hin. Das Gasthaus sehr bald pleite.

Als ich zuletzt mit Mama allein in der Raststation in St. Marein war, bestellte ich Pommes, um sie zum Lachen zu bringen. Sie waren arg versalzen, aber aus Sentimentalität und Scheu vor den anderen Gästen wagte ich nicht, sie zurückzuschicken.

Claudia legt eine Mappe auf den Tisch. „Ich habe da etwas für euch vorbereitet. Wir haben noch Zeit, es sei denn, ihr wollt früher da sein; es wird ja schon vor Beginn der Feier am Sarg gesungen und gebetet."

„Von mir aus kommen wir pünktlich an, die Kirche ist selbst im Spätsommer verdammt kalt", meint David, der gefragt wurde, ob er ein Solo singen will, aber Stimmprobleme vorschob. „Also, was hast du da?"

„Vor zwanzig Jahren hat Mama Oma ermutigt, Erlebnisse aus ihrer Kindheit aufzuschreiben. Oma hat ja immer gern und gut erzählt. Ich habe diese Aufzeichnungen unter ihren Sachen gefunden und euch kopiert. Als Erinnerung. Zum Abschied. Wir könnten die erste Seite gemeinsam ...", schlägt Claudia vor. „Soll ich vorlesen?" Nein, lieber jeder für sich.

Elas Handy läutet. „Wieder mein Bruder, sorry, aber ich muss da jetzt rangehen. Lässt du mich durch?“ David steht auf, und Ela verschwindet rechterhand im Shop.

Omas Hand ist sicher, die Buchstaben ebenmäßig und die Zeilen gerade, obwohl sie auf unliniertem Papier schreibt. Sie hat die Erlebnisse nummeriert und mit Ort und Tag übertitelt. Ametsberg, das sie nur aus dringendem Anlass verließ, ziert jede Seite, als wäre sonst ungewiss, wo die Schreiberin sich aufhält. Fragen wie *wer kocht, wenn ich nicht da bin, wer füttert die Hühner* stehen Freizeit-Ausflügen entgegen; ihre einzige Auslandsreise, eine Wallfahrt nach Lourdes. Auch in ihren Texten wird viel gebetet. Sie haben den Ton von Schulaufsätzen. Doch es gibt Stellen, da höre ich Oma reden. Wenn sie bei der Arbeit auf dem Feld oder im Stall die schöne Tenorstimme des Bruders erklingen lässt. Von der *Gaude* schreibt, die sie als Mädchen mit ihrer Ziehschwester, eigentlich ihrer Cousine, hatte; vom ersten Spielball erzählt, den ein Kind aus dem fernen Niederösterreich nach Ametsberg brachte; dem ersten Ballon, den sie für einen großen gelben Vogel hielt; sie bittet ihre Mutter, ihn aus der hohen Wiese hinterm Haus zu verjagen, in der seine Schnur sich verfangen hatte. Von der ersten Sichtung eines Flugzeugs beim Schafehüten. Eine schlechte Zeit, viel Hunger. Passten sie und ihre Ziehschwester nicht auf, wurden Tiere gestohlen und geschlachtet. Das bedrohliche, donnergrollend-laute Ding am Himmel kündigte, da waren die beiden Mädchen sicher, den Weltuntergang an. Und weil am Ende der Zeit niemand mehr was zum Essen braucht, liefen sie verängstigt ohne Schafe nachhause. Als die beiden beim Schweinehüten aus Langeweile unachtsam waren, bekamen sie die Rute. Vom sonntäglichen Predigterzählen bei der Großmutter, die in der Keusche lebte und zu gebrechlich war, um in die Kirche zu gehen; deshalb sollte ihre Enkelin sich die Worte des Pfarrers merken und ihr zuhause wiederholen; weil ihr das nicht gelang, erdichtete sie für die Großmutter eigene Predigten, die diese so schön fand, dass sie ihr zum Dank Tee mit selbstgebranntem Schnaps gab. Von der kräuterkundigen Mutter, zu der die Nachbarn kamen, weil ein Arzt nur geholt wurde, wenn einer fast am Sterben war. Der schweren Krankheit, an der die Mutter später selbst so furchtbar litt. Dass deren einzige Sorge war, niemand zur Last zu fallen. Vier Tage vor ihrem Tod machte sie sich auf, Familie und Verwandten *Pfiat Gott* zu sagen, und trug ihren *Dirndla* mit den letzten Worten auf, nicht um sie zu weinen, sondern für sie zu beten. *Sie ging mit vollem Verstant gut vorbereitet in die Ewikeit.*

Als Claudia und ich, wir waren zwölf und zehn, in den Sommerferien eine Sonntagsmesse schwänzten, nahm Oma uns vor dem Mittagessen beiseite; es würde Gott weh tun, uns nicht zu sehen, warum wir ihn kränken wollten? Claudia hat sofort losgeheult. Ich bin mit achtzehn aus der Kirche ausgetreten. Oma erfuhr es nie. Es hätte sie zu sehr mitgenommen.

Der Glaube erfüllte ihr Leben, war Richter ihrer Entscheidungen, der großen wie alltäglichen. So gebot er ihr, gegen Hitler zu sein. Doch den Töchtern gegenüber zeigte er sich kleinlich, erlaubte ihnen etwa nicht, Hosen zu tragen.

Ihre erste Hose – sie war ein Geschenk von Mama – hat Oma mit Mitte siebzig zum Wandern angezogen, sie stand ihr sehr gut.

„Danke für die Mühe, Claudia, aber ich mag das jetzt nicht lesen", erklärt David. „Ich schau mal kurz in den Shop ... mir fällt ein, ich habe vergessen, Rasierzeug einzupacken."

Ich bleibe mit Claudia allein; unangenehm berührt von der Stille, die sich zwischen uns breitmacht, erzähle ich: „Auf einem der letzten Flüge habe ich geträumt, dass ich zu einer Hütte wandere, um Tagebücher zu lesen, die in einem Kamin liegen, ein Teil verbrannt; ich durchwühle die Asche und denke, ah, nichts Neues, als die Tür aufgeht. Eine junge Frau kommt auf mich zu und sagt, ich habe deine neununddreißig Sachen."

„Ich bin zu weit gegangen, Ina. Ich habe dich verletzt! Was kann ich tun, damit du mir verzeihst?"

„Nichts. Alles. Mich das nicht fragen."

„Ich habe Dinge gesagt, die ich nicht hätte sagen

dürfen, die nicht wahr sind. Wie oft telefonieren wir, treffen uns, einmal im Monat, einmal alle zwei Monate? Ich weiß nicht viel von deinem Leben. Gerade genug, um mir Sorgen zu machen! Leider bin ich nicht gut darin." Sie seufzt. „Ich wünschte, ich wüsste mehr von dir, wüsste alles, ich wünschte, du würdest dich mir anvertrauen! Dann könnte ich es auch! Ich hätte dir so vieles zu erzählen! Warum sind wir uns nie so nah gewesen, wie Schwestern es sein können?"

„Weil wir zu verschieden sind", sage ich.

„Mama warst du nah, ohne ihr ähnlich zu sein, näher als ich."

„Du hast sie einfach weniger gebraucht, dich immer schon so viel praktischer und selbstständiger gezeigt."

„Nicht ganz freiwillig."

„Mag sein."

„Ich dachte ja erst wie du, dass Verschiedenheit Distanz schafft, Mama mir weniger Aufmerksamkeit schenkt, weil ich ihr nicht ähnlich genug bin. Also habe ich mich bemüht, ihr ähnlicher zu werden. Es fiel mir nicht leicht, und sie hat es irritiert."

„Mama hat mich dir nicht vorgezogen!"

„Doch. Und heute verstehe ich sie. Ich habe sie schlecht imitiert. Wenn sie mich anschaute, muss sie gedacht haben: *So sieht sie mich? Aber das bin ich doch nicht!*"

„Du tust ihr unrecht! Sie hat uns alle gleich geliebt!"

„Hat sie dir das gesagt? Wann?"

„An den letzten Weihnachten hat sie mit Adam über uns geredet. Ihre Kinder seien ihr größtes Glück, hat sie zu ihm gesagt, und wie sehr es sie erfülle, dass sie Sophie noch aufwachsen sehen durfte."

„Warum hast du mir das nie erzählt?"

„Du hast nicht gefragt, und ich dachte, sie hätte es dir selbst…"

Claudia schüttelt den Kopf. „In unserem letzten Gespräch hat sie mich gebeten, dich nicht im Stich zu lassen. Und jetzt muss *ich* dir etwas sagen."

„Du hast dich endlich entschieden", unterbreche ich Claudia. „Du redest ja schon so lange davon. Du gehst weg, oder?"

„Woher weißt du…?"

„Das Kiwi-Tattoo! Dann ziehst du nach Neuseeland?" Ich stottere, als würde die Distanz, die das Wort mit sich bringt, durchs Aussprechen schon wahr.

„Ja!" Claudia schiebt den Ärmel ihres Pullis hoch, bis der Vogel auf ihrem Unterarm zur Gänze erscheint. „Ulli nehme ich mit. Sophie will vorerst bei ihrem Vater bleiben. Ich habe in Wellington einen Job an der Deutschen Schule. Ich reise schon in ein paar Wochen ab. Ach, Ina." Ihre Augen füllen sich mit Tränen, sie streckt mir die Hände entgegen. Wir umarmen uns. „Komm mich bald besuchen!", flüstert sie mir ins Ohr. „Gib deinem nächsten Flug ein Ziel am Boden. Lass uns neu anfangen. Ich liebe dich, Schwesterherz!"

Im Radio läuft ein Oldie, eine hohe Männerstimme singt *I got chills.*

Und ich flüstere zurück: „Ich komme sehr bald."

Als der Kellner fragt, *noch einen Wunsch?*, bestelle ich mehr aus Verlegenheit denn aus Hunger eine Portion Pommes. Lade Claudia ein, *iss doch mit!*, und sie antwortet wie früher, *ich koste nur!*, was heißt, ich möchte, aber ich sollte nicht, weil ich nicht wie du essen kann, was ich will, ohne zuzunehmen.

„Adam kommt demnächst für ein paar Tage nach Wien; dass er schon länger in den USA lebt, habe ich dir erzählt, oder?"

„Du hast Kontakt zu ihm?", frage ich erstaunt.

„Über Instagram. Ich glaube, er würde dich gern treffen; er erkundigt sich zuletzt regelmäßig nach dir; hast du Lust, ihn zu sehen?"

„Ich weiß nicht..." Was hätten wir uns noch zu sagen.

„Er ist geschieden, keine Kinder; ich frage dich morgen beim Frühstück noch mal, ich bleibe über Nacht, vorausgesetzt, dass es Sophie nicht schlechter geht und die Schwiegermutter nicht anruft; Ulli begeistert sich so sehr für Dominiks Schnecken, dass er die Tierchen zu Dutzenden mit ins Haus nimmt."

„Welche Tierchen?" Ela ist zurück und setzt sich mir gegenüber auf die Bank.

„Schnecken", antworten Claudia und ich gleichzeitig, und auch die Frage, „bei deinem Bruder alles in Ordnung?", stellen wir fast synchron.

Ela bejaht, ihr Blick streift Claudias Tattoo.

„Der Vogel ist mir so lieb geworden, manchmal bin ich knapp davor, mit ihm zu reden", sagt Claudia und lacht.

„Ganz am Anfang, das Studio war erst ein paar Tage auf, ist mir das Gegenteil passiert; eine Frau ließ sich auf Schulterblatthöhe ein grünes Augenpaar tätowieren, die Iris des linken Auges sollte ein wenig dunkler sein als die des rechten. Ich dachte, David Bowie, aber es waren die Augen einer jung verstorbenen Künstlerin. Nur Wochen später wollte die Frau, dass ich das Motiv überdecke. Ihrer Partnerin sei es unheimlich. Drehte sie ihr den Rücken zu, konnte die nicht schlafen, die Augen hielten sie wach. Ich habe die Iris in die Flügelornamentik eines Schmetterlings integriert und mich auf Tiermotive spezialisiert."

„Dann vermisst du die Arbeit im Museum gar nicht?", will ich wissen.

„Ich bin ja weiterhin als externe wissenschaftliche Mitarbeiterin an einem Forschungsprojekt beteiligt; es beschäftigt sich mit dem Zeitempfinden von Insekten, mein Schwerpunkt ist das der Fliege; sie nimmt menschliche Bewegungen verlangsamt, wie in Zeitlupe, wahr. Deshalb interessiert mich ja auch so, was du, Martina…" Ela bricht ab, um dem Song zu lauschen, der wegen schlechten Empfangs wie Nieselregen aus den Lautsprechern tröpfelt.

„Es laufen gerade ständig Hits aus *Grease*", sagt Claudia.

Ela nickt. „Olivia Newton-John ist vor kurzem gestorben."

„Wusstest du, dass David einmal fast die Hauptrolle...", werfe ich ein.

„Hat er mir erzählt, wo ist er eigentlich?"

„Hast du ihn nicht gesehen?"

Nein, Ela ist David im Shop nicht begegnet und wundert sich, denn Rasierzeug hat er eingepackt. Das Lied klingt aus. „Nachdem meine Eltern sich 1985 entschlossen hatten, den Iran zu verlassen, luden sie Familie und Freunde ein, um es ihnen zu sagen. Als Vorwand kündigten sie an, einen Film zu zeigen, den mein Vater auf dem Schwarzmarkt besorgt hatte: *Grease*. Alle kamen. Weinten. Meine Mutter ließ den Film anlaufen. Die Songs rissen viele so mit, dass sie zu tanzen begannen. Wenn meine Eltern vom Abschied erzählen, erinnern sie sich immer auch daran. Vor ihrer Ausreise haben sie in Teheran ihren gesamten Besitz verkauft oder verschenkt; nicht einmal Fotos konnten sie mitnehmen. Sie hätten sich verdächtig gemacht; offiziell traten sie nur eine Urlaubsreise an, und jeder Koffer wurde genauestens durchsucht."

„Dann bist du in Wien geboren?", frage ich.

„Ja, wie mein Bruder. Nur meine ältere Schwester, Shirin, kam in Teheran zur Welt und starb auch da. Plötzlicher Kindstod. In letzter Zeit denke ich oft an sie. Dass meine Eltern sie nicht in Würde begraben konnten, gab den Ausschlag, dass sie weggingen."

„Was ist passiert?“ Claudia, betroffen.

„Sie wurden am Friedhof von bewaffneten Männern beschimpft, weil sie in Kriegszeiten den Tod eines Babys beweinten; ihre Tränen hatten den gefallenen Soldaten zu gehören! Man zwang sie, Shirin unbestattet zurückzulassen. Mein Vater hat sie Stunden später heimlich, im Schutz der Dunkelheit, in aller Eile beerdigt.“ Ela legt eine Hand auf ihren Bauch. „David hat euch ja doch verraten, dass ich schwanger bin. Es wird ein Mädchen. Ich halte mich an die Tradition. Die Erstgeborenen. Weiblich.“

„Wir freuen uns ja so!“ Diesmal bin ich Claudia dankbar, dass sie auch für die jüngere, gerade zu aufgewühlte Schwester spricht.

„Da seid ihr ja!“, ruft David, noch an der Glastür zwischen Restaurant und Shop. „Von drüben sah es kurz so aus, als wäre der Tisch leer!“ Er setzt sich. „Bei deinem Bruder alles ok, Ela? Hat er schon interessante Locations gefunden?“

„Ja, deshalb hat er sich gemeldet; ob wir Lust hätten, ihn morgen an einem möglichen Drehort zu treffen. Er sagt, er sei ganz in der Nähe, vielleicht hängen wir einfach noch eine Nacht dran. Wenn du magst, komm mit, Martina!“

„Sonst kannst du auch mit mir zurückfahren“, meint Claudia, und ich nehme ihr Angebot gerne an.

Die im Haus der Großeltern im Souterrain gelegene kleine Kapelle, die Folge eines Gelübdes war, läuft in einer Grotte aus, in der eine etwas zu große, weißgewandete Marienstatue steht, davor die Miniatur einer knieenden Bernadette, ein Souvenir aus Lourdes. Den niedrigen Raum füllen Kirchenbänke, so eng und schmal, dass sie an Kindermöbel erinnern, ein Schälchen mit Weihwasser hängt neben der Tür. Viele Jahre bestanden die Großeltern darauf, mit uns vor der Rückfahrt in der Kapelle um eine unfallfreie Reise zu beten. David folgte ihrem Wunsch ungeduldig, Claudia ergeben, ich mit leisem Schauer, weil mir von selbst nie eingefallen wäre, es könnte uns etwas passieren. Was aus dem Haus jetzt wohl wird?

„Hast du die Katze gesehen, die drüben zwischen den Regalen herumstreicht?", fragt David Ela. „Ein schönes Tier, wir könnten uns später eine zulegen, was meinst du?"

Ela schüttelt den Kopf. „Ich habe übrigens auch Evan zurückgerufen. Sein Auszug verzögert sich. Er bekommt den Schlüssel zur neuen Wohnung nun doch erst übermorgen. Er klang so bedrückt, ich habe keine Eile, nachhause zu kommen..."

„Dann lass uns deinen Bruder ein paar Tage begleiten, auch wenn ich nicht verstehe, warum Evan sich jetzt so anstellt; es war seine Entscheidung, niemand hat ihn dazu gedrängt!"

„Doch, haben wir, und das tut mir leid."

David küsst Ela und erzählt dann mit so großer Begeisterung von der Einrichtung des Kinderzimmers, Evans Zimmer – er spart keine Lampe, kein Detail aus –, dass ich kurz zweifle, ob sie echt ist. Auch sonst hat er viel vor. „Ich will mich verändern, neu anfangen; sobald es die Kleine erlaubt, steige ich bei Dominik in die Schneckenzucht mit ein. Fleischersatz ist ein boomender Markt."

„Du gibst das Singen auf?", frage ich erstaunt.

„Ich gebe den Sängerberuf auf. Seit Jahren kämpfe ich mit Stimmproblemen. Die Bühne fehlt mir nicht. Das ist mir in den pandemiebedingten Pausen klar geworden."

„Vielleicht ist es auch nur eine Phase", meint Ela.

Der Kellner bringt die Portion Pommes.

„Ich habe doch keinen Hunger", sage ich halblaut. Einen salzigen Geschmack auf den Lippen, als hätte ich geweint.

Da tritt eine Frau, Mitte vierzig, sportlich, mit strahlendem Gesicht und hellen, halblangen Haaren, an unseren Tisch.

„Kann ich Ihnen helfen?", fragt Claudia.

„Überlassen Sie mir die Pommes, ich zahle auch dafür", erklärt die Frau und setzt sich so selbstverständlich zu uns, als hätten wir sie darum gebeten. Claudia protestiert. Da legt sie ein Dutzend Rubbellose auf den Tisch. Ich starre die Lose an. Dann die Frau. Ihr Blick hat etwas Zwingendes. Und schiebe ihr die Pommes hin. Doch statt zu essen, sagt sie: „Ich habe dich gesucht, Martina, um dir eine Geschichte zu erzählen. Ich habe dich gesucht, um dir von Gott zu erzählen und von Hannes, dem Täufer, der das wahre Wesen Gottes erkannte. Hör zu!

Gott schmeckt wie Wasser

Du trauerst und fragst:
Wie kann Gott das zulassen?!

Warum sollte er nicht!

Hannes fand Gott, wo andere ihn verloren. Im Dunkel, in der Leere, im Annehmen einer fremden Schuld. Menschen, deren Glaube nicht aus einer tiefen Leiderfahrung entsprang, die mit Gott haderten, weil sie ein Schicksalsschlag getroffen hatte, geißelte er. Mit verhaltener Stimme im Beichtgespräch, donnernd in den Predigten, die er, um seiner Empörung näher zu sein, stets mit der Hand schrieb. Gottvertrauen, das sich unbeeindruckt zeigte vom Schmerz anderer, aber am eigenen zerbrach, Christen, die das Böse hinnahmen, solange es ihnen nicht zu nahe kam, Ungerechtigkeit akzeptierten, welche ihren Nächsten widerfuhr; die im unverschuldeten Elend, in das andere stürzten, vielleicht sogar eine Bestätigung sahen, Glück für eine Auszeichnung hielten, für die verschont zu sein, keine Gnade und Gnade nicht kontingent war, sondern ein Zeugnis; die sich bevorzugt glaubten, besonders. Vor und für Gott. Sie waren Hannes unheimlich. Hannes hatte in der Erkenntnis zu Gott gefunden, dass er nichts Besonderes war. Dass er niemand war. Gott nicht kümmerte. Dass Gott ihn nicht kannte. Nicht meinte. Weil Gott niemand meinte. Sich nicht zu ihm, nicht zu einem Einzelnen verhielt. Besonderheit nichts Menschliches war. Niemand zu sein vor einem besonderen Gott hatte Hannes befreit.

Mit acht Jahren, als er am Grund eines Pools ins Dunkel sank, fiel er in Gott.

Der Pool war der Mittelpunkt des weitläufigen Gartens seines Elternhauses und zugleich Neidobjekt der Nachbarschaft. Einen Pool hatte damals nicht jeder. Im Wohngebiet, in dem Google Maps zuletzt mit langweiliger Regelmäßigkeit übergroße blaue Rechtecke in den Grünflächen auswies, die alle Einfamilienhäuser umgaben, war stehendes Wasser einmal ein fremdes Element gewesen. Hannes hatte die Taschen seiner Hose mit Steinen aus dem Lieblingsbeet der Mutter gefüllt, Rosen, rot wie die Wangen seiner älteren Schwester Rita. Soweit hatte Hannes die Gesetze von Auftrieb und Schwerkraft schon verstanden. Dass er mit Steinen in den Taschen schneller sank. Und unten blieb. Weil tote Materie träge war. Er wartete, bis die Eltern gefrühstückt hatten. Danach würden sie, wie jeden Sonntag, die bleierne Zeit bis zum Mittagessen mit Gartenarbeit füllen. Als sie auf die Terrasse traten, sprang er in den Pool.

Hannes war wasserscheu. Er konnte nicht schwimmen. Seine Schwester schwamm wie ein Fisch. Sie hatte schwimmen gelernt, kurz bevor er geboren wurde. Mit knapp sechs. In jenem Sommer, in dem sie den Pool mit einer Arschbombe einweihte, war sie gerade zwölf geworden. Der Vater bot Hannes an. „Ich hol' dir einen Schwimmreifen." Aber Hannes traute Schwimmreifen ebenso wenig wie dem Versprechen der Mutter, ihn aufzufangen und zu halten und kein einziges Mal – und sei es nur ganz kurz – loszulassen. Das Wasser glitzerte. Als Rita sich an der tiefsten Stelle auf die Zehenspitzen stellte und den Kopf in den Nacken legte, tanzten kleine Wellen um ihre rote Nasenspitze wie um eine Boje. Hannes' Kopf hätten sie überspült.

Rita hänselte ihn. Weil er jünger und kleiner war. Aber nicht nur. Sie entdeckte Schwächen, für die die Eltern keinen Namen hatten, und zog ihn damit auf. Hannes früheste Erinnerung an Rita. Ihr Lachen, selbstzufrieden und schadenfroh, schnarrend wie der Ruf einer Elster. Es bedrückte ihn, ja, er schämte sich dafür, dass die Schwester ihn nicht mochte. Wo es doch so leicht war, er es ihr so leicht machte, ihn zu mögen. Er war ein liebes Kind, zutraulich und zugleich schüchtern, wehrte sich nicht und verpetzte sie nicht, wenn sie gemein war. Die einzige Eigenschaft, die Rita Grund zur Eifersucht gab. Der kleine Bruder war schön. Strahlend schön, in einem Maße hinreißend, das verstörte. (Denn Schönheit grenzt in ihrer höchsten Form mehr an Angst als an Freude.) Und denen zum Trotz, die darauf wetteten, dass er in der Pubertät Look und Anmut verlieren würde – wie das etwa Visconti bei seinem *Tod in Venedig*-Darsteller des Tadzio getan hatte, ein Gesicht, mit dem man Hannes' verglich –, verwandelte sich Tadzio-Hannes als Mann in einen Zwilling von Brad Pitt.

Mit fünf Jahren belauschte er ein Gespräch, in dem die Mutter einer Freundin erklärte, *ich bemühe mich, aber sie macht es mir so schwer, und er, ach es ist so ein Glück*. Hannes erriet die Mühe an der Art, wie die Mutter Rita ansah. Fiel ihr Blick auf die Schwester, wurde er matt und leer. Bei ihm glänzten ihre Augen. Trotzdem hätte Hannes gerne mit Rita getauscht. Denn Rita bekam alles, was sie wollte.

Als Hannes sich Wochen später auf einem Familienausflug an einen See weigerte, in das Tretboot zu steigen, das die Eltern gemietet hatten, und Rita entdeckte, dass er sich vor Wasser fürchtete, wünschte sie sich einen Pool. Im nächsten Frühjahr wurde im Garten eine Grube ausgehoben.

Im nächsten Sommer litt Hannes stärker als sonst unter ihren Hänseleien. Sie verspottete ihn vom Wasser aus. „Feigling! Spring doch rein! Was bist du nur für ein Baby! Wäh, wäh!" Lag sie sich bräunend im Gras, rief sie, „geh' mir aus der Sonne", wenn er in den Garten kam. „Warum spielst du nicht mit einem Freund!" – „Ich hab keinen." – „Egal, hau trotzdem ab!"

Als Hannes sich eine Stufe tief ins Wasser wagte, schubste sie ihn.

Es war im August, an einem hochsommerlich heißen Sonntag nach dem Mittagessen. Der Vater hatte den Grill gelöscht und sich im oberen Stock hingelegt, die Mutter erst den Tisch auf der Terrasse abgeräumt, ehe sie sich zum Abwasch in die Küche zurückzog. Rita und er waren draußen geblieben. Rita las. Hannes krümmte sich. Er hatte Bauchweh. Die übergroße Portion Kartoffelsalat, die Rita ihm auf den Teller gepappt hatte. Vater rügte ihn, wenn er nicht aufaß. Rita trug einen Bikini. Nur sie durfte in Badesachen am Tisch sitzen. Als Hannes aufstand, packte sie ihn am Arm. „Wo willst du hin?"

„Zu Mama, mir ist schlecht."

„Immer Mama, Mama, Mama! *Ich* kann dir helfen! Ich weiß, was dir jetzt guttut!" Sie stand auf und zog ihn in Richtung Pool. Hannes versuchte, sich ihrem Griff zu entwinden, doch sie war zu stark. „Schwimmen macht Spaß, du wirst sehen! Ich bring's dir bei!"

Hannes begann zu weinen.

„Du traust mir nicht? Hast du etwa Angst vor mir?"

Als Hannes bejahte, schien sie einen Augenblick enttäuscht. Lachte dann und gab ihn frei, und er rannte zurück. Kaum hatte er die Terrasse erreicht, hörte er einen Platsch. Erleichert, dass Rita ihm nicht nachgejagt war, trat er ins Wohnzimmer. Die Mutter winkte ihm zu, die Tür zur Küche stand offen, ihre Hände voll Schaum, weil das teure Porzellangeschirr, das Rita so gefiel, nicht spülmaschinenfest war. Hannes ging auf sein Zimmer und warf sich aufs Bett. Schloss die Augen. Ein Brüllen weckte ihn. Nie zuvor hatte er Vater solche Geräusche machen hören.

Er stürzte ans Fenster. Die Mutter kniete am Beckenrand. Der Vater watete im Hemd durchs Wasser. Rita trieb bäuchlings in einer roten Wolke im Pool.

Sie hatte sich den Kopf angeschlagen. Ob, weil sie zu früh weggesprungen oder im Sprung ausgerutscht war, blieb ungeklärt. Das Bewusstsein verloren. Und war ertrunken. Das ergab später die Obduktion.

Andere Eltern hätten den Pool noch vor dem Begräbnis zugeschüttet. Seine wechselten bloß das Wasser. Und setzten sich Sonntag für Sonntag zum Grillen auf die Terrasse. Hannes verstand, es war eine Strafe. Seit Ritas Tod sah ihn die Mutter nicht mehr an, und wenn er sie fragte, „Mama, bist du mir böse?“, antwortete sie nicht. Auch ihr Schweigen. Eine Strafe. Aber wofür? Er hatte Rita nichts getan. *Sie* war gemein gewesen. „Ich bestimmt nicht, Mama. Warum also? Bitte, bitte, sag’s mir?“

„Das kann ich nicht, das weißt du.“

Der Satz verwirrte Hannes.

Er aß an Sonntagen nichts mehr. Und nur wenig an den Tagen zuvor. In der Hoffnung, dass die Eltern ihn endlich schimpften und er erfuhr, wofür er die Strafe verdiente. Das Grillen auf der Terrasse. Das Wasser im Pool. Die ungewisse Schuld erdrückte ihn. Wie die große, grüne Krake aus diesem Comic ein Piratenschiff erdrückte. Rita hatte das Heft, als er es gerne haben wollte, an einen Cousin verschenkt. Wenn Hannes an die Zeichnung der Krake dachte, hörte er Holzbalken brechen.

Der erste Frost brachte Erleichterung. Der Grill verschwand in der Garage, die Pölster der Gartenmöbel wurden in den Keller geräumt. Doch kaum zeigte sich im Frühjahr die erste Knospe, ließ die Mutter den Pool wieder ein. Es dauerte eine halbe Woche, bis er voll war.

Kurz bevor Ritas Todestag sich zum zweiten Mal jährte, wollte Hannes nicht länger warten. Bis die Mutter ihm erklärte. Wofür. Er beschloss, die fremde Schuld auf sich zu nehmen. Die ganze Schuld. Und mit ihr. Die härteste der Strafen. Steine. Er sammelte zwei Handvoll. Ging dann zur Mutter, sagte, *du kannst nichts dafür*. Die Mutter erschrak, starrte ihn an. Vor dem Mittagessen stürzte er sich in den Pool.

In der Woche vor seiner Priesterweihe bat ihn die Mutter um ein Gespräch. Seit Jahren hatte sie nichts mehr von sich hören lassen. Sie erwartete ihn auf der Terrasse. Rauch erhob sich vom Grill und hüllte sie ein, aber der Rost war leer. Leer wie der Pool. Er durchbrach den Garten jetzt wie ein Graben, der die Gegenwart von der Zukunft abschnitt. Die hell verfliesten Beckenwände überzog ein brauner, erdiger Film, den Boden bedeckten Schichten von Laub. Als Hannes sich neben die Mutter setzte, entdeckte er Tränen in ihren Augen.

„Dein Selbstmordversuch hat mich zerstört", begann sie.

„Es war kein Selbstmordversuch, es war ein Opfer! Ich habe es dir gebracht."

„Du hättest es mir sagen sollen!"

„Ich war ein Kind!"

„Und später? Warum bis heute kein Wort?"

„Ein Opfer, das man öffentlich macht, hat keinen Wert. Es wird zur Pose."

Die Mutter schüttelte den Kopf. „Mir wäre lieber, du fühltest dich zum Schauspieler berufen statt zum Priester. Es ist ein ehrlicherer Beruf."

„Sei nicht wütend, Mama! Was immer du getan hast, ich habe dir verziehen."

„So einfach ist das nicht."

„Doch, weil ich sehe, wie sehr du dich schämst."

„Du musst meine Schuld kennen, ihr Gewicht spüren, um sie mir leichter machen zu können, meine Schuld, meine große Schuld." Sie schlug sich auf die Brust. „Willst du mir tragen helfen, dann hör mich an! Ich werde dir alles erzählen. Ich tue das auch für dich. Damit du nicht wirst, was du nicht sein magst, ein Schauspieler, und für die, die dir bald schon gegenübersitzen, müde und verzweifelt wie ich, damit sie spüren, dass du erfahren hast, wie schwer Vergebung fällt und wie weh sie tut, und deinem *ego te absolvo* glauben. Damit sie Frieden finden."

„Du redest wirr, Mutter! Genug!"

Die Mutter sah ihn versteinert an, Rußflocken auf den Wangen.

„Ich hielt dich für den Mörder deiner Schwester. Ein Teufelskind. Erst habe ich mir verboten, es zu denken. Was, wenn er Rita doch hat springen sehen. Dann. Nicht weiterdenken. Gesehen hat, wie sie sich den Kopf anschlug. Nein. Nicht weiter. Wie sie reglos im Wasser lag. Was, wenn er sich bewusst entschied, ihr nicht zu helfen und keine Hilfe zu holen. Wenn er wortlos auf sein Zimmer ging, aus Rache für ihre Demütigungen und aus Rache an mir, die von Ritas Bosheiten wusste und aus schlechtem Gewissen, weil sie die Tochter nicht ebenso sehr liebte, nichts dagegen unternahm. Dass du verletzt wurdest. Wieder und wieder. Meine Liebe zu dir. Sie war zu groß. Zu selbstsüchtig. Zu rücksichtslos. Sie hat mich verdorben. Dachte ich. Zur Anstifterin gemacht. Am Mord der eigenen Tochter. Und dich zu ihrem Mörder, mein schönes Teufelskind. Nein, du darfst so nicht denken. Habe ich mir gesagt. Zur Strafe setzt du dich auf die Terrasse, Sonntag für Sonntag, mit Blick auf das Wasser im Pool. Er wird dein Herz abkühlen, dich lehren, deinen Sohn mit maßvoller liebenden Augen zu sehen. Nach zwei Jahren war ich soweit. Und dann springst du. Und bestätigst alles. Die Steine in deinen Hosentaschen. Schuldsteine. Das Geständnis eines Kindes. Wie oft habe ich seither von dem Moment geträumt, in dem du dich von Rita abwendest, sie zurücklässt, habe in dein ebenmäßiges, ungerührtes Gesicht gesehen. Und bin aufgeschreckt."

„Wer hat mich aus dem Wasser gezogen?"

Die Mutter schwieg.

„Du hast gezögert?"

„Wie kannst du das fragen!" Und nach einer Pause. „Bei dir nicht einen Augenblick."

Mit acht Jahren fand Johannes Gott.
Er wartete auf ihn am Rande eines Pools.
Stürzte sich ihm voraus ins Wasser.
Sank lautlos auf den Grund.
Hannes hielt die Luft an.
Als er untertauchte.
Die Wellen sich über ihm schlossen.
Bis der Druck in Brust und Kopf so groß wurde, dass er ihm wie eine Zange den Mund öffnete.
Im Wasser empfing er ihn. Gott füllte seinen Rachen, drängte sich den Hals hinunter und die Nase hinauf.
Im Dunkel. Das aufging, nachdem die Sonne, die erst weiß wie eine Seerose auf der Oberfläche geschwommen war, sich von den Rändern her rot einfärbte.
Im Dunkel gehörte Hannes ihm ganz.

Dass Gott im Wasser und in der Dunkelheit ist, weil er überall ist, hatte Hannes der an der Volksschule lehrende Pfarrer erklärt. Hannes war nach Ritas Tod während der Religionsstunden öfter freiwillig in der Klasse geblieben. Erst aus Anpassungsdruck, dann aus Neugier. Der Vater war Agnostiker. Die Mutter noch als junge Frau aus der katholischen Kirche ausgetreten. Traumatisiert von einer sadistischen Oberin, die dem von Nonnen geführten Internat vorstand, in dem sie ihre Jugendjahre verbrachte.

Als Hannes den Eltern verkündete, dass er getauft werden wollte, zeigten die sich wenig erfreut, aber nicht einmal die Mutter versuchte, ihm den Wunsch auszureden. Dem Gespräch, um das der Pfarrer sie im Rahmen der Vorbereitungen bat, blieb sie jedoch fern. So konnte er nur dem Vater von der Offenbarung in Wasser und Dunkelheit erzählen.

Hannes wurde in einer Kirche mit im Boden eingelassenem Becken getauft, rechteckig, Stufen an den Schmalseiten. In eine einfache weiße Kutte gekleidet kniete er im Wasser, das ihm bis zur Brust reichte. Der Stoff der priesterlichen Soutane umflatterte seinen Körper wie ein Rochen. Der heiße Atem des Taufpaten, der seine Hand hielt, ein Seminarist mit dem Namen Jonas, traf ihn stoßweise wie die Fontäne eines Wals.

Hannes ließ sich fallen. Sein Kopf tauchte unter. Beim dritten Mal öffnete er die Lippen. Und fühlte sein Opfer angenommen. Er entstieg dem Becken mit der lebensbejahenden Gewissheit. Sein Leiden hatte einen Sinn.

Am Grunde des elterlichen Pools fand Hannes Gott. Auf der Terrasse verlor er ihn wieder. Die Beichte der Mutter erschütterte seinen Glauben. An die kathartische Kraft des Leids. Den Wert jeden Opfers. Dass Sühne Freiheit schenkte. Das Kind war erst dadurch schuldig geworden. Ein Teufelskind. Wie die Mutter gesagt hatte. Das Schmerz und Freudlosigkeit brachte. Nicht Erlösung. Sein Weg zu Gott. Ein Irrweg. Die Geschichte seiner Berufung. Eine Farce.
Er konnte nicht mehr beten.
Er wusste nicht, zu wem.
Sollte, durfte er sich weihen lassen?

Hannes suchte schließlich bei Jonas, der dann doch nicht Priester, sondern Buchhändler geworden war, Rat. Jonas hatte eine besondere therapeutische Gabe. Was sich in hundert Gesprächssitzungen nicht entwirren ließ, gelang ihm mit einem Buch. Hannes drückte er eine gebundene Ausgabe von Simone Weils *Schwerkraft und Gnade* in die Hand. Schon der Titel schien wie eine an ihn gerichtete Botschaft. Der Satz, der Hannes auffing, weil er seine Frage beantwortete. *Wenn man Gott liebt in dem Gedanken, dass es ihn nicht gibt, wird er sein Dasein offenbaren.*

Schwerkraft und Gnade, das bis zum Tag seiner Weihe über der Bibel auf dem Schreibtisch lag, ruht seither auf einem Stuhl, der anstelle eines Nachtkästchens neben Hannes' Bett steht. Die Mutter hatte diesen Stuhl, auf dessen Lehne in immer noch glitzernden rosaroten Buchstaben Ritas Name klebt, am Abend seines Besuchs aus dem Keller geholt und in sein altes Kinderzimmer gestellt. Am Abend seiner Primiz-Feier hatte sie sich darin am Lusterhaken erhängt. Der Vater hatte den Stuhl umfallen hören. Er war noch in der Nacht einem Herzinfarkt erlegen.

Wir besitzen nur das, worauf wir verzichten. Das, worauf wir nicht verzichten, entzieht sich uns. Gott verzichtet in der Schöpfung darauf, alles zu sein. Wollen wir diesem Verzicht nacheifern, müssen wir darauf verzichten, etwas Bestimmtes zu sein. Besonderes. Und das Besondere im anderen sehen.

Hannes verzichtete darauf, ein Gläubiger zu sein, und wurde, was die Mutter für ehrlicher gehalten hatte. Ein Schauspieler.

Der einen Gläubigen spielte.
So gut. Dass sein Glauben anderen tiefer schien. Als ihr eigener.

Denn Hannes zweifelte nicht.
Ein Schauspieler stellt die Moral seiner Figur nicht

infrage, es kümmert ihn nicht, ob die Worte seiner Rolle wahr sind oder gerecht. Nicht ihr Sinn zählt, nur die Virtuosität der Performance.

Und Hannes brillierte.
In der Rolle des Priesters.

Wenn er im Kreis seiner Ministrantinnen und Ministranten in die Kirche einzog, gingen Ohs und Ahs durch die Reihen. Küsste er den Altar, waren verzückte Seufzer zu vernehmen. Ergriff er das Wort, wurde es still. Die Magie seiner Stimme, die die Leichtherzigen zu Tränen rührte und jene mit schwerfälligem Gemüt erschauern ließ. Wer konnte sich ihr entziehen?

Sag, warum gerade ich? Diese Krankheit, dieses Unglück, dieser Tod.
Warum nicht? Gerade du! Du bist für Gott so gut wie ein anderer. Er hat für dein Leid, das Leid des Einzelnen, keinen Begriff. Gott sieht das Leid nur als solches. Nicht dein besonderes. Nicht dich. Aber ich sehe dich. Der du Gott nichts bist. Der du dir selbst nichts bist.
Mir bist du alles.
Wer sich nichts ist und anderen alles, wird Frieden finden.
Der ich dir jemand bin.
Nur wer dem Nächsten jemand ist, wird in ihm jemand erkennen. Wer anderen niemand ist, wird im anderen niemand sehen.

Deshalb. Mühe ich mich. Auch. Für dich. Jemand zu sein.
Someone. Who's there.
Someone. Who cares.
To make you a believer.
To calm your rage, your fever.
To save your soul.
Wie Hannes' Augen funkelten, seine Muskeln sich strafften, wie die längeren Haare sein kantiges Kinn umspielten!
Wenn er so betete.
Wenn er segnete.

Seine Gottesdienste strahlten bald weit über die Pfarre hinaus, die er übernahm.
Ihr Ruf verbreitete sich auch auf TikTok. Instagram.
Brad Pitt machte sie zum Event.
Und die sich schließlich von ihm taufen ließen. In einem Becken mit türkisgrünen Fliesen wie im elterlichen Pool. Machten aus dem schönen Täufer einen. Star. Influencer.
Dessen Follower sich vermehrten wie Fische und Brot.
Dem die Herzen zuflogen, als wandelte er über Wasser.
Und erzählte nicht bloß davon.
Dass es den Gläubigen fester Boden war.
Dass Fische und Brot alle satt machten.
Dass der Wein nie ausging.
Dass nicht Hunger, nicht Durst fühlte, wer Gott liebte.
Den Vater. Den Herrn.

Legte Hannes seine Rolle ab, liebte er den Vater nicht. Obwohl er das Bild verteidigte gegen das Wort, das da gebot: *Du sollst dir kein Bild machen*, weil die Liebe, die menschliche, nun mal ein Bild braucht.

Im Bild Gottes liebte Hannes die Mutter.
Und er sehnte sich nach ihrer Liebe.
Die Ritas Tod ihn gekostet hatte.
Er fand sie wieder in Gott.
Er fand die Mutter wieder in Gott.
Und verlor beide.
Aber seine Liebe verlor sich nicht.
Das Gefühl verlor sich nicht durch das Wissen, dass er liebte, was nicht oder nicht mehr existierte.
Er liebte wütend.
In dieser Zeit nahm er nur selten Beichten ab.
Er liebte ungeduldig.
Auf ein Zeichen der Gnade wartend.
Das Wunder, das ihn wissen ließ.
Ich bin da. Und dir, wer ich war, ich bin dir wieder gut.
Er liebte eifersüchtig.
Auf die, die sich wiedergeliebt fühlten, dass ihnen jene Erwiderung zuteil wurde, die ihm versagt blieb. Aber die Eifersucht gab ihm auch Hoffnung. Wenn für die, die durch ihn zum Glauben fanden, wahr wurde, was er nur spielte. Die frohe Botschaft, deren Joy ihm nicht zu Herzen ging, ihre aber erfüllte. Dann.

Dann stand eines Sonntagmorgens Eva in der Sakristei. Die Schar an Ministrantinnen, die sich gerade darin versammelte, teilte sich wie von unsichtbarer Hand zur Seite geschoben, als das Mädchen auf Hannes zukam und bat, mithelfen zu dürfen, der Messe in ihren Reihen beizuwohnen. Eva war kürzlich zugezogen, zwölf Jahre alt wie damals Rita und ihr so ähnlich, dass Hannes erschrak. Seine Haut brannte, sein Körper glühte. Ehe er entdeckte. Ein seltsames Licht hing im Raum.

Fünf Sonntage lang nahm Eva als Ministrantin an seinen Gottesdiensten teil. Brachte ihm Brotkorb und Weinkelch. Läutete die Wandlung ein, als hieße sie, nicht er, Gott Fleisch und Blut werden. Jetzt. Jetzt. Als sie aus besonderem Anlass einmal das Rauchfass schwenkte, erschien Hannes in den Schwaden das Bild der Mutter. Er vergaß seinen Text, und Eva sprach den Satz für ihn zu Ende. Es rührte ihn. Aus ihrem Mund rührten und beschämten ihn die vertrauten Worte. Denn sie machten der Welt offenbar, er hatte sie getäuscht. War nicht berufen. So fürchtete er. Doch die Menge begeisterte sich erst recht und feierte Gott mit ihm, wie sie es nie zuvor getan hatte. Ausgelassen. Rauschhaft.

Seit Eva da war, träumte er oft von Rita. In seinen Träumen genoss Hannes ihre Eifersucht, schürte sie, stachelte sie an, war Rita das gepeinigte Kind und er ihr Peiniger.

Wenn er erwachte, funkelten die Sticker auf ihrem Stuhl wie wild, und er hatte das Bedürfnis, Eva von seiner Schwester zu erzählen, ihr diese Träume zu beichten. Aber er fand keine Gelegenheit, denn Eva kam stets erst kurz vor Beginn der Messe und verschwand danach sofort wieder. Und schließlich schämte er sich dafür, dass er wünschen konnte, eine Zwölfjährige mit seinen Träumen zu belasten.

Am sechsten Sonntag hielt er deshalb Abstand zu ihr. Es kostete ihn viel Kraft. Nach Ende der Messe, die Kirche hatte sich geleert, setzte er sich erschöpft an den Rand des Taufbeckens, das er hatte einbauen lassen – metertief öffnete sich der Boden –, und schloss die Augen.

Und da kehrte Eva zurück. Hannes fühlte sie sich nähern, ohne ihre Schritte zu hören. Sie legte ihm die Hand auf den Kopf. Flüsterte. „Lass mich für dich beten, und das Wunder wird geschehen." Und er ergab sich ihrer Berührung wie ein fiebriges Kind. Als er aufsah, war er allein.

Am siebten Sonntag bleibt Eva der Messe fern. Hannes wartet über die Zeit auf sie. Er hat wenig und traumlos geschlafen. Ein Schmerz, von dem er weder Ort noch Ursache nennen kann, quält ihn. Und wächst rasant an. Übelkeit und Schwindel auf dem Weg zum Altar. Er hat Mühe, sich aufrecht zu halten. Die Beine schwer wie Felsblöcke. Beim Versuch, die

Arme zu heben, um die Gläubigen zu begrüßen, taumelt er. Und statt eines Worts entringen sich seinem Mund animalische Laute.
Und da. Endlich.
Überkommt ihn die Gnade.

Sie biegt und schüttelt ihn.
Reißt ihm die Kleider vom Leib.
Fährt ihm an die Kehle
und über die Brust
und zwischen die Beine.
Dringt in ihn ein
und wühlt in seinen Eingeweiden.

Und als sie sich verzieht wie ein Schauer.
Steht am Altar.
Im Namen der Mutter.
Nach ihrem Bild geformt.
Als Ebenbild Gottes.

Eine nackte Frau."

„Du! Du bist diese Frau", rufe ich der Erzählerin beglückt zu. Warum bin ich beglückt?

„Ja", antwortet sie, „ich *bin* Hanna und *war* Hannes! Erinnerst du dich? Es ist lange her. Wir sind uns in der Buchhandlung meines Freundes Jonas begegnet. Sie lag in der Nähe der Universität. Ich half ihm eine

Lieferung einzusortieren, da bist du hereingestürmt. Außer dir. Panisch. Jonas hat dir einen Stuhl angeboten, ich dir ein Glas Wasser geholt. Du hast dich nur langsam beruhigt und schließlich erklärt, du seist aus einer Prüfung geflohen."

„Was reden Sie da?" ruft Claudia und springt auf. Ich denke, um ihren Worten Nachdruck zu verleihen, doch sie zeigt mit vor Schreck geweiteten Augen auf eine Maus, die die Theke entlang auf unseren Tisch zutrippelt und von Schritt zu Schritt an Größe zunimmt. Je stärker sie wächst, umso klarer wird: Sie fixiert uns.

„Die Rubbellose", ruft Hanna, „beeilt euch!"
Ich kratze den silbergrauen Belag vom ersten ab.
Bringt das zweite den Hauptgewinn?
Und dann erinnere ich mich! Ich habe Alfred Jarrys pataphysischen Roman auf Jonas' Empfehlung hin gekauft.
Die Maus nähert sich.
Nein! Keine Maus, es ist eine Katze!
Die *eine* Katze. Sie miaut.

Ein Sprung zurück

„*Die Begeisterung für Geschwindigkeit ist Ausdruck der Hoffnung, die Zeit zu überlisten.* Erinnerst du dich, du wolltest, dass ich dir den Satz auf den Gips schreibe. Du hast mich ihn üben lassen und dann doch Mama gebeten." David entdeckt Claudias Auto, bremst ab und parkt ein.

Wir sind da.

Der Himmel ist grau. Tiefe konturlose Wolken.
„Du kannst deine Tasche im Auto lassen, Ina", sagt David, doch ich steige mit ihr aus.
Ehe er sich bei Ela unterhakt, mustert er sie, dann mich, als würden ihm erst unsere schwarzen Jacken und Hosen bewusst machen, was uns hierherführt.
Drei Nachtgestalten.

„Geht schon mal rein, ich komme gleich nach, ich will noch eine rauchen." Das sechsunddreißigste der neununddreißig Dinge, die ich stets bei mir habe, eine Zigarettenpackung. Im Warnhinweis fehlt das t. *Rauchen kann ödlich sein.* Vor dem Eingang zur Raststation steht ein Aschenbecher, aber ich mag mich der Gruppe von Männern nicht anschließen. Drüben am Wegrand, auf dem steinigen Streifen zwischen Parkplatz und Wiese, bin ich allein. Das Feuerzeug springt nicht an. Meine Finger sind feucht, feinste Tröpfchen auf Wangen und Nase, und doch schwitze ich nicht.

Die Luft ist schwül und riecht nach Fluss, der Mur, an der Marein liegt. Von ihren Ufern her kommt auch der Mückenschwarm, der sich als hellgraue, pulsierende Wolke plötzlich auf mich herabsenkt. Um nicht gestochen zu werden, schlage ich wild um mich. Dabei sind es gar keine Mücken. Sind es Fliegen? Ich öffne meine Hand, eine setzt sich. Streckt ihre filigranen, hellgeäderten Flügel aus. Ihr Umriss gleicht einem Drachen, den ich auf einem abgeernteten Feld einst so hoch steigen ließ, bis er zum Punkt wurde, und erinnert mich zugleich an Elas Tattoo. Ich will die Fliege verscheuchen. Sie rührt sich nicht. Eine zweite fällt mir in die Hand. Ich wische sie weg. Spüre eine dritte seitlich am Hals. Sie wandert höher. Ich greife hin, zu spät. Schon kitzelt und kribbelt, brummt, rauscht und surrt es an meinem Trommelfell. Ich fahre mir ans Ohr. Das Surren verdichtet sich zu einer Stimme. „Nimm deinen Finger weg, Martina!“, bittet sie und, „tu mir nichts!“

„Was willst du?“

„Dich trösten!“

„Worüber?“

„Den Tod! Und jetzt unterbrich mich nicht; ich habe nicht viel Zeit, gerade genug, mich vorzustellen und dir von den Wundern zu erzählen, die mir und den Meinen geschehen sind. Oligoneuriella rhenana, auch Augustmücke genannt, obwohl der Familie der Eintagsfliegen zugehörig. Wir sind deren kurzlebigste Art. Unsere Lebensspanne beträgt gerade einmal vierzig Minuten. Wer so kurz lebt, füllt seine Zeit mit Wesentlichem. Eintagsfliegen sind zur Liebe geboren; wir Augustmücken kennen nichts außer ihr. Wir leben, um zu lieben, einander, den Flug, das Wasser, den Juli, aber mehr noch den August; es ist jener Monat, in dem das erste Wunder geschah. Aber von vorne.

Die Linie, der ich entstamme, besiedelte vor vielen, vielen Generationen einen Flussabschnitt nahe einer weitläufigen Spitalsanlage im fernen Wien. Eines Tages verirrte sich eine Gruppe besonders übermütiger Vorfahren auf ihrem Hochzeitsflug zwischen den Pavillons. Als sie erkannten, dass ihr Ende nahte, suchten sie nach einer Wasserstelle, um ihre Eier abzulegen. Am Ende ihrer Kräfte fanden sie über ein gekipptes Fenster in einem schattigen Zimmer Zuflucht. Im Bett lag eine Sterbende. Sie war umringt von ihrem Mann, den Kindern und Schwiegerkindern und hatte die Augen geschlossen. Eine Sauerstoffbrille in der Nase. Noch ging ihr Atem regelmäßig. Der Raum war angenehm kühl und zugleich durchströmt von Wärme, ähnlich dem heimatlichen Fluss; ein Ort, sich über die fehlende Nachkommenschaft zu trösten, fanden meine Vorfahren, ließen sich auf dem Fensterbrett nieder und starben. Nur eine Fliege fügte sich nicht in ihr Schicksal; sie spannte ihre Flügel und kämpfte sich entlang der Zimmerdecke bis zum Kopfende des Bettes vor. Die Liegende atmete jetzt nur noch schwach. Doch als sie ein letztes Mal ihre Lungen füllte, geschah dies mit solcher Kraft, dass es meine Ahnin in die Tiefe sog. Dann hielt die Frau die Luft an. Die Legende besagt, um sich noch einmal der schönsten und schwersten Atemzüge zu erinnern, die sie getan hatte, ehe sie ihren letzten zu Ende führte. Er verließ die Frau als Seufzer und war so lebenssatt, dass meine Ahnin erstarkte, zum Fluss zurückkehren konnte und dem Schwarm das Wort wiederholen, das sich im Seufzer der Frau verborgen hatte; sie hatte es so leise und schnell ausgesprochen, dass es menschlichen Ohren unverständlich geblieben war: *W-u-n-d-e-r …* hatte die Frau meiner Ahnin verkündet, und schon halb aus der Welt gefallen noch ein *b …*“

Wunder-b-, was für ein Unsinn, denke ich.

„An meiner Ahnin selbst vollzog sich das erste Wunder. Sie lebte länger, als je eine Augustmücke gelebt hatte. *Die Weise*, wie wir sie nennen, wurde 123 Minuten alt“, erklärt die surrende Stimme in meinem Ohr. „123. Diese Zahl macht uns Mut. Er mehrt sich von Sommer zu Sommer. Wird mit den Worten der Weisen von einer Generation zur nächsten weitergegeben wie ein Schatz. Er ist es, der ständig neue Wunder zeugt. Der jede einzelne Fliege im Schwarm inspiriert. Auch mich über sich hinauswachsen lässt. Ich lebe länger als jede Statistik mir zugesteht. Denn so höre! Ich bin nun schon fast eine Stunde alt und fühle mich jung! Und siehe, ja sieh’ dich um! Und staune, dass du mich und die Meinen, Fliegen der Ebene, in so großer Höhe triffst! Marein liegt fast 700 Meter über dem Meeresspiegel. Augustmücken sind so hoch oben nicht zu finden. Und es ist schon September! Die Grenzen, von denen es heißt, dass die Natur sie setzt. Deine Mutter hat uns geholfen, sie zu überschreiten, das Unmögliche zu wagen! Prophezeit, es können Wunder geschehen ... Wunder-b; und so hoffe ich, nein ich weiß, irgendwann wird eine Mücke geboren, die auch die dritte Stunde voll macht, und irgendwann, ja, gewiss, da erklimmt eine das Dach der Welt. Ich zweifle nicht. Himmel und Erde sind voll Wunder-b ... Wunder-b ... Wunder-b", surrt und rauscht es, und vom Rhythmus mitgerissen, stimme ich ein. „Wunder-b ...", und erschauere. Die Wunderb-are ... Miranda? Hat Mama mit ihrem letzten Seufzer nach ihr gerufen? Ich bitte die Fliege, mir das Wunder-Wort noch einmal zu wiederholen, aber das Rauschen ist verstummt. Klopfe mir auf die Wange und taste mein Ohr ab. Da ist nichts.

Der Schwarm hat sich in Richtung Fluss zurückgezogen.

Ich zünde mir eine Zigarette an und rauche sie drüben vor dem Eingang zu Ende. Der Aschenbecher hat die Form eines Doppelkegels; zwei Kegel, so übereinandergestellt, dass ihre Spitzen sich berühren. Oder umgekehrt. Sie gehen vom punktuellen Ereignis aus, das in der vierdimensionalen Raumzeit die Gegenwart markiert. Nach unten hin öffnet sich der Vergangenheits-, nach oben hin der Zukunftskegel; er ist von einem Gitter begrenzt und zur Hälfte mit Sand befüllt, in den ich asche. Die Zukunft verläuft sich in einem Wald aus teergetränkten Filtern, Streichhölzern und Silberpapier. Ich muss pinkeln.

Der Gang vor mir teilt sich, linkerhand geht es in den Shop, geradeaus zu den Toiletten.

Wenn die Schlange bei den Frauen zu lang war und Mama mich nicht begleitete, wechselte ich in Marein noch in der Pubertät hinüber zu den Männern. Ich fiel, schlaksig und flach, nicht allzu sehr auf. Und die Männer störte es nicht, dass ich in der Kabine rauchte.

Nur Adam regte es auf, wenn ich Zigaretten und Aschenbecher mit ins Bad nahm. Ein erster Streitpunkt zwischen uns.

Dass wir zusammenzogen, war kein Schritt, den wir geplant hatten, es ergab sich, als seine WG sich auflöste. Ließ Adam mich glauben. Dabei hatte er seine Mitbewohner schon länger gewarnt, dass er vorhatte, mich zu fragen, und ihnen kündigen würde, sollte ich zusagen. Seine Wohnung war groß genug, dass jeder von uns ein eigenes Arbeitszimmer hatte. In meinem sah es aus wie nach dem Urknall, in Adams standen die Bücher geordnet im Regal, und alle Unterlagen waren sortiert. Wir hätten gegensätzlicher nicht sein können. Die rotblonde Bohnenstange und der kleine bärige Typ mit Bauch und dunkler Löwenmähne, der einen großen Freundeskreis hatte, auf Fremde zuging, kommunikativ, lustig und liebenswürdig war und beruflich wie privat sehr engagiert, ein Optimist und Frühaufsteher, der wenig trank, nicht rauchte, Cage, Coltrane und The Cure hörte, während er begeistert, aber nur mäßig gut tanzte. Dass Gegensätze sich anziehen, wir waren der lebende Beweis, wenn auch zuweilen ein beschmunzelter.

Seit Kindertagen war ich nicht so glücklich gewesen wie in der ersten Zeit unseres Zusammenlebens. Und nie geselliger. Nie wieder habe ich mich unter Leuten so wohl gefühlt. Ich brach die Therapie ab und ersetzte sie durch Radtouren mit Adam. Warum Zeitmaschinen ans Auto gekoppelt sind, aber nicht ans Fahrrad? Die Idee, ein rückwärts fahrendes Tandem-Rennrad zu konstruieren, beschäftigte uns wochenlang.

Eine der Entwurfszeichnungen hängt heute noch bei mir an der Wand, wenn auch nicht aus Sentimentalität. Sie ist die ideale Hintergrund-Deko für Video- und Conference-Calls.

Unsere Beziehung begann, wie und wo sie endete. Überraschend. Im Vorzimmer.

Adam hat mich nach meiner Befreiung aus der Kammer noch im Krankenhaus und danach bei den Eltern besucht. Mir Skripten gebracht und später auf der Uni dafür gesorgt, dass in Hörsälen stets ein Platz nahe der Tür für mich freiblieb. Mich in ein Forschungs-Projekt eingebunden, das eigentlich Diplomanden vorbehalten war, durchgesetzt, dass ich eine Prüfung wiederholen durfte, die ich wegen einer Panikattacke abbrechen musste, mir geholfen, mich auf das Setting einer anderen vorzubereiten. Wir haben uns erst in seinem Büro, dann bei ihm zuhause in der WG getroffen. Ich bin seiner damaligen Freundin einmal kurz begegnet, als sie ihn abholte. Zart, klein, promovierte Juristin. Da gingen wir schon miteinander ins Bett. Sie schien die ideale Schwiegertochter, ich war alles andere als ideal. Seine Eltern ließen mich das später wissen.

Im ersten Nach-Kammerkisten-Jahr – wieso halte ich immer noch an dieser Zeitrechnung fest? – habe ich mit so ziemlich jedem gevögelt, der mich anbaggerte. Auch noch, als Adam seine Freundin schon verlassen hatte. Bis zu diesem einen Vormittag.

Adam öffnet mir die Tür. Umarmt mich, als hätten wir uns nicht erst gestern, sondern ewig nicht gesehen. *Du hast mir so gefehlt, Ina.* Da habe auch ich mich aus der Deckung gewagt.

Als Mama krank wurde, wünschte Adam sich ein Kind.

Beruflich ging es uns gut. Adam hatte nach Abschluss seiner Dissertation eine Stelle im Bundesamt für Eich- und Vermessungswesen angetreten, ich mit der Entwicklung einer Zeit-Management-App begonnen, die mir nach und nach zu einer umfangreichen Datensammlung verhelfen sollte, an der ich später Algorithmen trainierte.

Irgendwann nahm Adam Anstoß daran, dass ich zuhause rauchte, nicht mehr so gern ausging, Ausreden erfand, um ihn nicht begleiten, Zusagen nicht einhalten zu müssen, und wenn doch, schweigend am Tisch saß; bekamen wir Besuch, verschwand ich in meinem Arbeitszimmer oder im Bad; ja vor allem wenn ich badete, rauchte ich gefährlich viel, behauptete er und rang mir das Versprechen ab, die Marke von einer Packung am Tag nicht zu überschreiten. Ich leerte den Aschenbecher, kurz bevor ich sie erreicht hatte.

Je schlechter es Mama ging, umso dringlicher wurde Adams Kinderwunsch. Ich habe mich nie danach gesehnt, Mutter zu sein, kann mit Babys nichts anfangen, verhalte mich selbst Sophie und Ulli gegenüber instinktlos. Und die Vorstellung, dass da etwas in mir wächst, löst Ohnmachts-, keine Glücksgefühle aus. Doch Adam nahm meine Ablehnung persönlich, ließ sich nicht davon überzeugen, dass es nicht an ihm lag, *wenn, wärst du der Vater.* War verletzt. Trotzdem kümmerte er sich, half, wo er konnte, besuchte Mama, war für mich da. Ich fühlte mich von seiner Liebenswürdigkeit unter Druck gesetzt.

Und sorgte für das überraschende Ende. Am Abend nach Mamas Begräbnis. Nach einer schweigsamen Autofahrt. Die Wohnungstür war noch nicht ins Schloss gefallen. Ich hatte mir eigentlich vorgenommen zu sagen: *Gut, dann ein Kind.* Stattdessen erklärte ich: *Ich ziehe aus.*

Ich habe mich von Adam getrennt, bevor er es tun konnte, aus Angst, dass er es tun wollte.

Ein paar Monate später heiratete er die Juristin, und eine Zeit lang quälte es mich, dass ich es nicht darauf hatte ankommen lassen. Ich war sonst nicht so mutlos.

Die Entscheidung gegen ein Kind habe ich nie bereut.

Träume, in denen ich Mutter bin, sind durchwegs Albträume; meines Schlafes Kinder sind geschlechtslose, blasse, apfel- bis ananasgroße Wesen; ich schäme mich, nichts für sie zu empfinden und schlecht für sie zu sorgen; es kommt vor, dass ich auf sie vergesse wie andere aufs Blumengießen, verreise und sie verhungern. Sie seien ein Symbol, analysierte meine Therapeutin. Wofür, verriet sie mir nicht.

Mama, ich und Miranda

Während wir in einer Konzertpause vor den Toiletten anstanden, listete ich mit einer Studienfreundin – ich habe sie aus den Augen verloren – Orte auf, an denen wir am Klo Sex gehabt hatten. Es waren Flughäfen und Bahnhöfe darunter, aber keine Raststation, denke ich und bleibe vor zwei Drehkreuzen stehen. Marein hat aufgerüstet, die Geschlechter sind jetzt nicht mehr bloß durch Schilder, sondern durch Drehkreuze getrennt. Ich soll mich noch am Gang, beim Münz-Einwurf, entscheiden, wohin ich will. Ich habe kein Bargeld bei mir und überlege, das Kreuz zu überspringen, um nicht erst zu Claudia und David ins Restaurant zu müssen, als eine Frau, Mitte vierzig, sportlich, mit strahlendem Gesicht und hellen, halblangen Haaren, meine Verlegenheit bemerkt und mir die Münze schenkt.

Trotz der Lärmschwaden aus Shop und Restaurant, die gerade noch den Gang füllten, ist bei den Frauen nicht eine Kabine besetzt, alle Türen stehen offen, der Raum ist leer, und im Gegensatz zum modernisierten Vorbereich wurde hier drinnen nichts erneuert; die Wandfliesen sind matt, in den Waschbecken tropft der Hahn, die Spiegel sind zerkratzt und milchig von Seifenspuren; der Handtrockner gehört noch zu jenen Modellen, die nur durch Knopfdruck anspringen, ein Papiertuchspender ist unbefüllt und der Kondom-

und Tampon-Automat hinten an der Wand, den ein Netz rostiger Adern überzieht, außer Betrieb. Ich entscheide mich für die zweite Kabine, schließe die Tür ab, hänge die Tasche an der Innenseite auf den Haken, der ein wenig nachgibt, aber hält, schlage den Klodeckel zu und setze mich. Ich muss gar nicht so dringend pinkeln.

Damals bin ich auf dem Deckel gekauert, habe die Knie umklammert, damit Mama meine Füße nicht sieht.

Ich ziehe die Beine an. Das Licht geht aus. Und obwohl durch eine schmale Fensterleiste unter der Decke ein paar Sonnenstrahlen dringen und der Raum nur im Halbdunkel versinkt, ist mir unheimlich zumute.

Ich habe die Regel früh mit zwölf bekommen, sieben Wochen vor Claudia, die mit vierzehneinhalb spät dran war, und genau zwei Tage, bevor wir nach Kärnten auf Urlaub fuhren. Mama hat mir Binden gekauft, nachdem ich ihr ein wenig verschämt von bräunlichen Flecken in der Unterhose erzählt hatte. Ich dachte, es würde bluten, wie es aus einer Wunde blutet, unmittelbar und hellrot. Sie erklärte mir, das käme später.

Blut zu sehen, machte mir nichts aus. Wenn ich mir die Knie aufschlug, Arme und Ellbogen aufschürfte, mich schnitt. Selbst als ich mir eine Platzwunde am Kopf zuzog, die genäht werden musste, schreckte es mich nicht. Ja, ich kratzte die Kruste aus Ungeduld und einer gewissen Abscheu vor wulstigen Oberflächen so früh weg, dass die Wunde wieder aufbrach.

Als ich in Marein aufs Klo ging, geriet ich in Panik. Im hellrot eingefärbten Wasser am Boden der Muschel schwamm etwas Klumpiges, Wulstiges. Dass sich Schleimhaut löst und abgeht, hatte mir niemand gesagt, und so war ich überzeugt, dass mit mir etwas nicht stimmte, ich schwer krank sei, mich auflöste, von innen her.

Claudia kam mich suchen, ging außen die Kabinen ab. *Ina, bist du da drin?* Ich rührte mich nicht. Ich glaube, ich habe mich mehr dafür geschämt als davor gefürchtet, krank zu sein. Ich fürchtete damals ja noch nicht einmal den Tod. Im Gegenteil, der Himmel schien mir ein interessanter Ort, mit all den Leuten, die dort anzutreffen waren. Ich fantasierte vor dem Einschlafen, wie ich etwa mit Lise Meitner plaudern würde; irgendwann in der Ewigkeit musste sie für mich Zeit haben. Alle mussten in der Ewigkeit irgendwann Zeit für mich haben. Sie dauerte ja so lange! Erst empfand ich deswegen nur ein leises Unbehagen. Doch es wuchs.

Mit dreizehneinhalb schickte Mama mich zum jungen Kaplan. Ich habe ihm von sternenklaren Nächten erzählt, von Farbmustern, Blitzen, den Bildern, die beim Druck auf die Augen hinter den geschlossenen Lidern entstehen und Satellitenaufnahmen des Universums ähneln, vom Blick hinauf; er machte mir Angst. Ich habe Angst vor der Unendlichkeit, sagte ich; ich bin ihr nichts. Ich habe Angst, nichts zu sein. Ich glaube nicht mehr, dass der Himmel in der Ewigkeit liegt; er ist da oben, in der Zeit. Ich werde Lise Meitner nie begegnen. Wovon soll ich träumen? Der Kaplan konnte mir nicht helfen, er hat mich nicht verstanden.

Ina, ich weiß, dass du da drin bist! Mama klopfte an die Tür meiner Kabine. Ich seufzte. Mir waren die Beine im Hocken eingeschlafen, sie kribbelten. *Ich kann dich hören, was ist los?*

Ich ließ sie ein zweites Mal klopfen, ehe ich öffnete.

Du hättest mich warnen müssen, rief ich damals wütend, nachdem sie mir den Blutklumpen erklärt und versichert hatte, dass mit mir alles in Ordnung war.

Du hättest mich warnen müssen, flüstere ich jetzt wehmütig, *dass die Wunde heilt, die dein Tod mir schlug. Ich fange an, dich zu vergessen, Mama, finde mich damit ab, dass du nicht da bist.*

Und wieder werden mir die Beine schwer. Ich strecke sie aus. Es klopft. Dabei hat nach mir niemand den Raum betreten. Ich halte den Atem an, es klopft ein zweites Mal.

„Wer ist da?“, frage ich. Keine Antwort. Ich stehe vorsichtig auf, meine Beine kribbeln. Entriegle die Tür. Mein Puls rast. Schiebe sie auf. Den Blick gesenkt. Drüben bei den Waschbecken steht jemand.
Eine Frau?

Sie steht in Socken auf dem Fliesenboden. Löchrigen, hellen Socken.
Warum trägt sie keine Schuhe?
Der Saum ihrer Hose ist ausgefranst, die Farbe vergilbt und im Halbdunkel kaum zu erkennen.
Ich sehe ihre Hände. Sie halten die Hose am Bund hoch.
Warum trägt sie keinen Gürtel?
Ist ihre Haut blaugrau?
Sind ihre Augen geschlossen?
Und wie sie grinst!
Diese flaumartigen, ungekämmten Haare!
Ich weiche in die Kabine zurück und knalle die Tür zu.

Mama hat vergeblich versucht, mir das Türenknallen abzugewöhnen; ihr war jede Form von Aggressivität zuwider und ich zuweilen ein sehr zorniges Kind, dem Lärm Erleichterung verschaffte, wenn es wütend war, und sei es auf sich selbst. Sie dagegen verlor nie die Beherrschung, wurde nie grob und strafte uns fürs Austicken mit Schweigen.

Stille.

Habe ich Mama verscheucht? Mein Glück verspielt? Oder steht sie noch da, grau und erdig, und wartet, dass ich mich entschuldige?

„Ich weiß, dass du da drin bist, Ina! Was ist los?“ Sie rüttelt an der Tür. „Habe ich dich erschreckt? Komm, mach auf!“

Doch statt ihr in die Arme zu fallen, halte ich die Klinke fest. „Musst du so aussehen? Deine Haut, der

Hosenanzug, die wirren Haare! Ich war nicht stark genug, sie dir zu kämmen."

„Magst du mich jetzt frisieren?"

„Ich bin es immer noch nicht, verzeih! Könntest du dir nicht die gestreifte Haube aufsetzen? Ich habe sie bei mir!" Das dreißigste Ding.

„Nein, nicht die Haube!", protestiert Mama. „Wenn du willst, wachsen mir Rapunzel-Haare!"

Das Bild, das ich von ihr vor Augen habe, bevor sie krank wurde, ist verschwommen; sie trägt zugleich Schi- und Badeanzug, weil sich so viele Erinnerungen überlagern. Ich habe nicht ein Foto von ihr auf dem Handy gespeichert. Und keines aufgehängt. Es tut mir zu weh, sie anzuschauen.

„Was habt ihr mit all meinen Kleidern gemacht?"

„Zwei Jahre lang hat sie niemand angerührt, dann haben wir sie der Caritas gegeben."

„Dann bleibt nur noch: Du borgst mir etwas!"

„Es wird dir nicht passen."

„Und wenn schon", meint Mama in ungewohnt lässigem Ton.

Ich ziehe Jacke und Hoodie aus, nehme eine Jogginghose und frische Socken aus meiner Tasche, öffne die Tür einen Spaltbreit, reiche ihr die Sachen hinaus und schließe sie wieder. „Sag, wenn du fertig bist!" Als Kind litt ich nicht, dass Mama mit in die Umkleidekabine kam oder den Vorhang unaufgefordert zur Seite schob. Ihr machte es nichts aus, sich vor mir umzuziehen.

„Und Schuhe?“

Ich schlüpfe aus den Sneakern.

Sobald sie „Fertig!“ ruft, stoße ich die Tür auf.

Mama wirkt viel größer in meinen Sachen und hat die Kapuze so tief ins Gesicht gezogen, dass ihre Augen verborgen bleiben. Und doch spüre ich, sie mustert mich.

„Wie siehst du denn aus, Martina? Deine Hose ist fleckig, das T-Shirt löst sich auf, da, an der Brust und an den Ärmeln, und deine Haut ist verkrustet, als hättest du all die Jahre neben mir gelegen!“

Ich verstehe nicht. Dann fällt mein Blick in den Spiegel. Wie kann das sein? Die Jeans habe ich kaum je getragen, das T-Shirt neu gekauft, die langen, schwarz geränderten Fingernägel doch heute morgen erst geschnitten und gefeilt.

„Macht ja nichts!“

Ich stürze Mama zu Füßen. Sie streicht mir übers Haar. Ihre Hände sind jetzt rosig und warm. Sie lächelt. Es ist mein Lächeln. Ich habe ihren Mund.

„Die Pflegerinnen, die dich holen kamen, erklärten, sie hätten noch nie jemand im Tod so lächeln sehen wie dich. Sagten sie das, um uns zu trösten, und wussten, es war die einsetzende Leichenstarre, die deine Mundwinkel nach oben zog, oder hast du wirklich gelächelt?“

„Ist das wichtig?“

„Ja! Ich mache mir Vorwürfe! Frage mich, habe ich deine Hand zu fest gedrückt, mich geräuspert, im

Augenblick deines Todes etwas getan, das dir nicht angenehm war? Was, wenn die Ewigkeit ein Loop der letzten Sinneseindrücke ist und mein Räuspern für dich endlos andauert? Du wärst in der Hölle! Warum habe ich dich nicht umarmt!?"

„Was hast du nur für Ideen! Nur du kannst auf so was kommen! Wer möchte schon ewig umarmt sein?"

Sie hebt ihren Kopf. „Hörst du das? Ein Brummen! Nein, nicht die Fliegen da oben am Fenster!"

Ich lausche, aber da ist nichts. „Der Himmel sei eine Tochter der Zeit, habe ich einmal behauptet, weißt du noch? Der Kaplan wollte mich nicht firmen... Wenn der Himmel vergänglich ist, gehört auch die Hölle ins Leben?"

„Was meinst du?"

„Du hast so große Angst gehabt und dich so bemüht, sie nicht zu zeigen."

„Ich erinnere mich nicht."

„Dann geht es dir gut? Bist du glücklich?"

„Bedräng mich nicht, Ina! Ich weiß nicht, was ich dir antworten soll!"

„Du könntest sagen: *Es ist schön da, wo ich bin; ich wache über euch; irgendwann werden wir für immer zusammen sein.*"

„Es ist nicht wahr! Ich kann dich mit meinem Tod nicht versöhnen, Ina! Was machst du überhaupt hier?"

„Ich bin auf dem Weg nach Ametsberg."

„Ametsberg?", wiederholt sie unsicher.

Nein, ich erzähle ihr noch nicht, dass Oma tot ist. Erst will ich ihr eine Freude machen. „Du bist ja selbst Großmutter“, sage ich, „bald sogar dreifache!“

Doch die Nachricht irritiert sie; sie zittert, als sie ausruft: „Sei still! Ich will das nicht hören!“, und wendet sich ab.

Ich wünsche mir, sie ließe mich ihr Gesicht sehen. „Warum kann es zwischen uns nicht sein wie früher?“

„Weil ich mich in der Gegenwart nicht mehr zurechtfinde; es schmerzt mich, dass ich sie nicht verstehe; auch die Vergangenheit verwirrt mich, denn ich erinnere mich nur bruchstückhaft. An dich. An mich. Empfindungen. Gerade jetzt fühle ich etwas, von dem ich glaube, dass es Hunger ist, und denke dabei an Hühnerfutter!“

„Das kann ich dir erklären! Eines Nachmittags, du warst sechs oder sieben, schickte Oma dich Polenta kaufen. Ihr habt ihn als Einlage von gesüßtem Malzkaffee aus Suppentellern gegessen. Ein Frühstück, das dir nicht sonderlich geschmeckt hat. Auf dem Weg zum Greißler – du hast beim Gehen geträumt – entfiel dir, was Oma dir aufgetragen hatte, und so hast du statt Maisgrieß Hühnerfutter heimgebracht. Oma hat nichts gesagt. Doch am nächsten Morgen stellte sie dir einen Teller mit Hühnerfutter auf den Tisch. Du bist hungrig in die Schule gegangen.“

„Ja, genau! So war es!“ Mama klatscht in die Hände. „Dafür bekam ich zur Jause Speck. Den gab es sonst wochentags nicht.“

„Nur wenn wir wandern gingen – du und ich, den anderen machte es keinen Spaß! Oma schnitt uns am Vorabend in der Speis ein Stück ab. Wir standen noch vor ihr auf, bei Sonnenaufgang lag die Baumgrenze schon hinter uns. Auf der Ematinger Alm wechselten wir die vom Tau nassen Socken. Die Wiesen im Schatten schimmerten dunkelgrün, rotgold die Hänge im Licht. Niemand weit und breit, außer Schafen, Ziegen und schlafenden Kühen."

„Im ersten See ist das Nachbarskind ertrunken", fällt Mama mir ins Wort.

„Nein, es ertrank im Bach, der an eurem Haus vorbeifließt. Ihr habt zu mehrt am Ufer gespielt. Das Kind stolperte und fiel ins Wasser. Obwohl du damals noch nicht schwimmen konntest, bist du ihm als Einzige nachgesprungen. Aber die Strömung war zu stark. Als die Nachbarin dich in ihrem Schmerz schimpfte, hat Oma dich vor ihr in Schutz genommen und deinen Mut gelobt."

„Dabei war ich so ängstlich, ich habe mich sogar vor den Fliegen im Stall gefürchtet." Mama kichert.

Und jetzt wage ich es: „Oma ist gestorben. Ich bin auf dem Weg zu ihrem Begräbnis."

Sie überlegt eine Weile, ehe sie antwortet und das Eis in ihrer Stimme schmilzt. „Ich werde auf ihre Todesanzeige schreiben: *Sie war der Mittelpunkt unserer Familie und hat uns mit ihrer Liebe und Stärke tief geprägt. Es war das größte Glück, in ihrer Nähe zu sein.*"

„Das geht nicht, dieser Satz steht schon auf deiner Parte! Es sind meine Worte, Mama!“

„Ach, Anaïs?! Wie bin ich nur auf diesen Namen gekommen?“

„Eine deiner Schülerinnen hieß so.“

„Ich hätte dich Perrine nennen sollen wie die kleine Heldin der Zeichentrickserie, die mutterlos durch die Welt zieht.“

„Du erinnerst dich?! Wir haben jede Folge angeschaut, ein ganzes Jahr lang, immer mittwochs um fünf; du hast nebenbei gebügelt ...“

Mama bewegt die Hände, als glättete sie ein Stofftaschentuch, entdeckte ein Loch. Dann zieht sie unsichtbaren Zwirn durch ein Nadelöhr. „Langes Fädchen, faules Mädchen.“

Ein Spruch von Oma. Warum Kürze für Fleiß steht?

„Kennst du die Legende vom zweiten Ematinger See?“

Ich schüttle den Kopf.

„Sie besagt, er sei aus den bitteren Tränen eines Mädchens entstanden, das zur Strafe für seine Faulheit und Ungezogenheit nie zur Frau wurde“, holt Mama aus und legt das Nähzeug weg.

„Es alterte nicht?“

„Doch, es wuchs, entwickelte sich, aber es bekam nie die Regel. Deshalb sollen Mädchen, bei denen die Menstruation noch nicht eingesetzt hat, den zweiten See meiden, sonst bleiben sie später kinderlos.“

„Das hast du mir nie erzählt!"

„Auch deine Großmutter erlaubte nicht, dass ich sie dahin begleitete, obwohl sie sich etwa am Hexenbichl, der so hieß, weil er teuflisch steil war, nicht wie andere bekreuzigte. Sie ließ mich am ersten See zurück. Ich war elf und half ihr beim Grantnklauben. Unsere Körbe waren noch halbleer, als ihr die Stelle einfiel, von der ihre Cousine erzählt hatte, oben beim zweiten See, an der die Beeren besonders dicht wuchsen. Sie hieß mich, auf sie zu warten und währenddessen die gesammelten Früchte zu säubern. Wir pflückten sie mit einem Hobel, der auch Blätter mit abriss. Doch mir wurde die Zeit lang, und ich beschloss, ihr entgegenzugehen. Ich stieg höher und höher, ohne einer Menschenseele zu begegnen. Kam vom Weg ab. Wusste nicht mehr wohin und begann zu weinen. Da durchbrach plötzlich ein heller Ton die Stille. Eine Melodie, wie ich sie noch nie gehört hatte. Worte, die ich nicht verstand. Trotzdem folgte ich der Stimme, ließ mich von ihr leiten wie von einem Stern. Endlich fiel der Weg ab, und vor mir lag ein kleinerer See. An seinem Ufer saß eine Frau. Sie war so um die fünfzig, denke ich heute, damals schien sie mir seltsam alterslos. Sie sah ungewöhnlich aus. Trug ihr Haar kurz, und obwohl sie kleine Falten um die Augen hatte, war es nicht von grauen Strähnen durchzogen, sondern roten. Und sie hatte Hosen an, ich glaube sogar, es waren Jeans. Einer Frau in Hosen, geschweige denn in Jeans, war ich noch nie begegnet.

‚Hallo Marie', grüßte sie, ‚ich habe auf dich gewartet.'

‚Woher kennst du meinen Namen?'

‚Das ist eine lange Geschichte. Vielleicht erzähle ich sie dir. Später. Erst sag', hast du Hunger?' Ich nickte. ‚Dann stell' den Korb ab und setz' dich zu mir.' Die Frau hatte Brot, Käse und einen Apfel dabei.

‚Was war das für ein Lied?', fragte ich sie, nachdem ich mich gestärkt hatte.

‚Eines, das ich als Teenie sehr mochte.'

‚Was ist ein Teenie?'

‚Ein Mädchen oder Junge, ein bisschen älter als du. Gefällt es dir?'

‚Ich mag die Lieder, die sie im Radio spielen. Es steht bei uns zuhause in der Küche, aber ich darf es nicht aufdrehen, wenn ich allein bin."

‚Hörst du gern Musik?'

‚Am liebsten solche, zu der ich tanzen kann. Nur jetzt bin ich zu müde.'

‚Das verstehe ich gut. Auch ich bin erschöpft.'

‚Dann bist du lange gewandert?'

‚Sehr lange!'

‚Kommst du von weit her?'

‚Sehr weit!'

‚Und hast auf mich gewartet? Wie heißt du?'

Die Frau zog ein Kuvert aus der Innentasche ihrer Lederjacke. ‚Warte, ich schreibe dir meinen Namen auf.'

Mir wurde plötzlich sehr warm ums Herz, und so

fragte ich: ‚Sehen wir uns wieder? Kommst du mich besuchen?'

‚Das würde ich gerne, aber ich reise heute noch ab.'

‚Warum? Gefällt es dir hier nicht?'

‚Doch, trotzdem muss ich fort!'

‚Und wohin?'

‚Du stellst viele Fragen, Marie, das ist gut! Du bist neugierig! Es ist wichtig, neugierig zu sein. Und nachzufragen! Ich kann dir nicht sagen, wohin ich gehen werde, aber ich kann dir zeigen, woher ich komme, wo ich geboren bin, soll ich?' Ich nickte. Die Frau legte den Kopf in den Nacken und streckte ihren Arm gen Himmel. ‚Da oben.'

Ich erstarrte. ‚Bist du ein Engel?'

‚Aber nein!' Sie lachte.

‚Eine Heilige?'

‚Ganz bestimmt nicht!'

‚Hast du Kinder?'

Sie schüttelte den Kopf.

‚Liegt das am zweiten See?'

‚Nein, darauf hat er keinen Einfluss.'

‚Aber du bist eine Frau?'

‚Ja! Wieso fragst du?! Der zweite See will dir nichts Böses, Marie. Du kannst herkommen, faul und ungezogen sein, später Kinder haben wollen oder nicht. Das ist ihm gleich. Er ist einfach da. Für die Wiesen, denen er Feuchtigkeit schenkt, die Tiere, die ihn bevölkern; hast du die beiden Fische vorbeischwimmen sehen? Und wenn du magst, auch für dich. Du kannst dich an seinem Anblick erfreuen oder dir die Schuhe ausziehen und so lange in ihm waten, bis deine Füße vor Kälte kribbeln, du kannst dir Arme und Hände waschen oder dich in seiner glänzenden Oberfläche spiegeln. Schau, gerade ist er ganz ruhig und glatt.‘ Sie beugte sich über das Wasser, und ich machte es ihr nach. Betrachtete mein Gesicht neben ihrem und sah etwas, das mich verblüffte. Was war es nur? Als sie sagte ‚wir müssen aufbrechen, deine Mutter sucht dich bestimmt schon‘, war ich enttäuscht, ja traurig.

Sie begleitete mich, bis wir Mamas Rufe hörten, und gab mir zum Abschied das Kuvert. *Für Marie*, stand darauf. Ihren Namen hatte sie nicht dazugeschrieben.

‚Öffne es nicht sofort‘, bat sie.

Sie hatte sich schon zum Gehen gewandt, als ich fragte: ‚Wie sieht es da oben, über den Wolken, aus?‘

Sie seufzte. ‚Ich erinnere mich nicht.‘ Ihre Augen glänzten. Sie winkte mir noch einmal zu und verschwand.

Ich habe deiner Großmutter nichts von dieser Begegnung erzählt. Sie hätte mir nicht geglaubt, und ich war mir ja selbst nicht sicher, ob ich mir die Frau nicht *doch* eingebildet hatte; und wenn nicht, ob sie nicht *doch* ein Engel gewesen war; deine Großmutter wäre zornig geworden, hätte ich ihr erklärt, mir sei eine Himmlische erschienen. Und ich war in den Tagen und Wochen danach so glücklich.

Jahrzehnte vergingen. Bis eines Nachmittags ein Lied aus deinem Jugendzimmer drang, Ina, und mir das Herz stehen blieb. Die Frau vom zweiten See hatte es gesungen!"

„Welches Lied?" Ich habe als Teenie Grunge, keine Klassik gehört.

„Warte!" Mama erhebt ihre Stimme, und mitreißend und klar, wie sie Monteverdi sang, intoniert sie den Refrain meines Lieblingstitels von Nirvana. *Hello, hello, hello, how low, hello, hello ...*, entsinnt sich der Lyrics, die ich nie Wort für Wort wusste ... *here we are now entertain us, I feel stupid and contagious ...* und tanzt. Erst zaghaft. Ein leichtes Wiegen der Hüften, kurze Schritte vor und zurück; dann werden ihre Bewegungen wilder und größer; sie biegt und dreht sich, stampft auf und wippt ihren Kopf, vornübergebeugt, bis ihre Kapuze auf und ab hüpft wie ein Schiff auf hoher See. Mama, headbanging. Das Bild irritiert und rührt mich so sehr, dass ich mittanze, um sie meine Verwirrung nicht merken zu lassen. *I found it hard, it's hard to find, oh well, whatever, never mind ...*, und dann habe ich Spaß. Verliere mich. Sie beginnt den Song von Neuem, ich stimme mit ein, da bricht sie plötzlich ab. „Hörst du das?"

„Es klingt wie fernes Donnergrollen."

„Zieh dir Jacke und Schuhe an, wir gehen", ordnet Mama mit einer Bestimmtheit an, als holte sie mich von einem Kindergeburtstag ab.

„Wohin?"

„Nachhause, wohin sonst!“

Die Antwort beunruhigt mich, aber ich wage nicht zu fragen, wo das sein soll, *zuhause*, sondern bitte stattdessen: „Nimm die Kapuze ab und lass mich dein Gesicht ansehen.“

Sie schüttelt den Kopf. „Wenn du dich nicht beeilst, musst du ohne Jacke und Schuhe mit!“ Der Donner nähert sich, wird lauter. „Komm, gib mir deine Hand!“

Ich versuche mich Mamas Griff zu entwinden, sie ist zu stark; und doch gelingt es ihr nicht, mich abzuwehren, als ich ihr mit der freien Hand die Kapuze vom Kopf ziehe. Auf den ersten Blick bin ich erleichtert, dass ihr Gesicht dem gerahmten Portraitfoto gleicht, das im Restaurant, in dem ihre Trauerfeier ausklang, den Gedenktisch schmückte. Auf den zweiten erschrecke ich, weil Mama nicht blinzelt, ihre schönen blauen Augen leblos und trocken sind. Nur ihr Lächeln, das mein Lächeln ist, denn ich habe ihren Mund, strahlt. In den ersten Monaten nach ihrem Tod verbrachte ich Stunden lächelnd vor dem Spiegel, um *sie* lächeln zu sehen.

Der Donner hängt jetzt tief über der Raststation.

Mama setzt sich die Kapuze wieder auf und stellt sich an der Rückwand unter der Fensterleiste auf die Zehenspitzen, um einen Blick nach draußen zu erhaschen. „Ich bin deiner Großmutter nicht von der Seite gewichen, wenn es blitzte und donnerte; die heftigsten Gewitter waren die, die von der Ematinger Alm her nach Ametsberg zogen; durchs Küchenfenster über der Abwasch konnte ich auf Zehenspitzen die Bergkette sehen, auf der die Alm lag. Im Sommer hielt ich täglich besorgt Ausschau, ob der Himmel sich über ihr verdunkelte. Heute sorge ich mich nicht! Dabei ist der Himmel bewölkt." Sie dreht sich zu mir um und lacht. „So hör' doch, hör' genau hin! Klingt so ein Donner?" Der Lärm ist jetzt ohrenbetäubend. „Du hast gesagt, du bringst mich nach Kärnten, wir landen beim zweiten See. Du hast so viel Herzblut in deine Worte gelegt, ich hörte den Hubschrauber starten und aufsteigen. Und höre ihn seither. Er kam nur langsam näher. Doch nun ist er da, uns abzuholen! Sieh nur, schon setzt er draußen auf dem Parkplatz auf!"

Sie läuft zur Tür. Der Raum dröhnt.

Ich will ihr folgen, aber plötzlich habe ich Angst, sie zu begleiten. „Werden wir zurückkehren? Hierher, nach Marein?" Meine Stimme zittert vor Erwartung und Traurigkeit.

Sie schüttelt den Kopf, und ihre Haltung erschlafft. „Ich bin dafür nicht wirklich, nicht lebendig genug."

Mama öffnet die Tür. „Versprich mir, nicht länger in der Vergangenheit nach mir zu suchen! Und gib das Fliegen auf, dann fliege ich jetzt allein!"

„Wo ist sie? Wo ist sie hin?" Ich bin auf den Gang gerannt und Claudia direkt in die Arme. „Eben war sie doch noch da!"

„Wer?"

„Die Frau in Hoodie und Sneakern!"

„Da war niemand... Was ist los, Ina?"

„Sie muss an dir vorbei...?! Sie kann sich doch nicht einfach in Luft aufgelöst haben", klage ich laut. In die Stille. „Aber den dröhnenden Lärm hast du gehört? Du musst ihn gehört haben, Claudia, schau mich nicht so an."

„Du trägst keine Schuhe!" Erst jetzt fällt mir auf, dass ich in Socken vor ihr stehe. „Hat dich die Frau etwa beklaut?"

„Ich habe ihr die Schuhe freiwillig überlassen", rechtfertige ich meinen Aufzug.

„Und wo ist deine Tasche, sind deine Sachen?"

„Sie hatte nichts zum Wechseln dabei, da habe ich ihr was geborgt."

„Ich verstehe nicht, was will diese Frau von dir?"

„Nicht sie! *Ich* will... ich wollte etwas von ihr. Mama, es war Mama!" flüstere ich, weil ich es jetzt aussprechen möchte, nein aussprechen muss. „Ich habe sie endlich wiedergesehen. Wir haben geredet. Dann ist sie viel zu schnell verschwunden!"

„Mama?!"

„Sie hat mich gesucht!" Ich rutsche erschöpft zu Boden. Die Fliesen sind kalt und schmutzig, und doch kauert Claudia sich neben mich. Legt mir den Arm um die Schulter. Wartet, dass ich mich beruhige. Ehe sie erklärt: „Du musst damit abschließen, Ina! Ich sage das nicht, weil ich dir nicht glaube. Was weiß ich schon über die Beschaffenheit von Himmel und

Erde im Vergleich zu dir. Ich sage es, weil du – während du dich da drinnen mit einer Toten unterhältst – nicht merkst, dass wir, Lebendigen, drüben auf dich warten. Wir alle. Warten. Auf dich. Stell dir vor, Papa hat sich in letzter Minute entschieden, mitzukommen. Auch Sophie und Ulli wollten plötzlich mit, ja sogar Dominik und Gernot ... und Sibylle. Wir mussten mit zwei Autos fahren und sitzen jetzt mit David und Ela da, seit gut fünfzehn Minuten, und zögern, etwas zu bestellen, fragen uns, wo du bleibst, ob mit dir alles in Ordnung ist ... und auch wir suchen nach dir! Und zugleich trauern wir ... wir alle ... wie du ... um Oma ... um Mama ... Es würde sie freuen, uns heute so versammelt zu sehen, meinst du nicht?"

Ich nicke.

„Dann komm, hol' deine Sachen, beeil' dich!"

Doch ich zögere.

„Was hast du?"

„Würdest *du* sie mir holen, Claudia? Ich schaffe es nicht, da nochmal reinzugehen!", bitte ich die große kleine Schwester, die früher gern die kleine große vorschickte, wenn ihr eine Situation unheimlich war.

Sie lächelt mich an, als erinnerte auch sie sich, meint „mach' ich", klettert über das Drehkreuz und ist schnell wieder zurück. „Deine Tasche war offen, die Jacke hing über dem Waschbecken ... Deine Schuhe konnte ich nicht finden."

Trägt Mama sie immer noch? Oder hat Claudia sie absichtlich übersehen, um mich zu trösten?

„Und wenn sie doch gestohlen wurden?"

„Schon möglich, es waren ziemlich teure Sneaker."

„Magst du nicht nachschauen, ob sonst etwas fehlt?"

Ich durchwühle die Tasche. „Nein, alles da."

„Welches Ding für dein erstes Jahr?"

„Ein Kalenderblatt."

„Und dieses, dein vierzigstes?"

„Ich habe noch keines. Dabei ist das Jahr bald zu Ende."

„Dann habe ich eine Idee: ich schenke dir Flip-Flops aus dem Shop!"

Weil Füße in der Pubertät schneller wachsen als der restliche Körper, hatte ich bereits mit vierzehn meine heutige Schuhgröße einundvierzig erreicht, Schuhekaufen wurde zur Qual. Die Auswahl war mager, unisex Mitte der Neunziger in den Geschäften im Ort kein Begriff. Im Sommer trug ich, wann immer es möglich war, Flip-Flops. Ich hatte eine bunte Sammlung. „Aber ich kann doch in Flip-Flops nicht zum Begräbnis!" Noch während ich es sage, ist da plötzlich der Gedanke, muss ich auch gar nicht. Ich bleibe hier! Verbringe den Tag auf der Raststation, mache den Ort zum Ziel, der sonst nie Ziel ist, erhebe das Mittel zum Zweck.

„Frag' doch Sophie, ob sie ein paar Schuhe zum Wechseln dabei hat. Sie hat deine Größe, und wenn nicht, fahren wir dich schnell runter in den Ort, da wird es schon irgendwo einen Laden..." Claudia starrt auf meine Tasche. „Dass du Erinnerungsstücke sammelst, verstehe ich, aber warum stellst du sie nicht zuhause auf, sondern trägst sie mit dir herum?"

„Weil es Momente gibt, in denen ich mir darüber im Unklaren bin, was real ist und was nicht; in diesem Nebel werden sie zu Lichtern, an denen ich mich orientiere. Ich weiß: Öffne ich meine Tasche, finde ich in diese Wirklichkeit zurück. Die Flip-Flops werden mich stets hierher, nach Marein, führen."

„Also lass sie uns holen. Dann sehen wir weiter."

Claudia nimmt mich an der Hand. Wir machen kehrt, gehen nicht durchs Restaurant, sondern am Eingang vorbei. Auf der beschlagenen Glastür zum Shop entdecke ich die Umrisse einer Katze auf dem Sprung.

Postskriptum

Im Herbst 2023, etwa ein Jahr später, erreicht mich ein Paket der älteren Schwester meiner Mutter. Das Haus der Großeltern ist verkauft. Die neuen Eigentümer bauen es zum Feriendomizil um; weil aus der Kapelle eine Sauna werden soll, wurde die Grotte entkernt. Dabei kam eine kleine, metallene Schatulle zum Vorschein. Jemand hatte sie in einem Wandloch versteckt. Sie wurde der Tante übergeben und die erinnerte sich, dass sie Mama gehörte. Als Kind hatte sie ihre Schätze darin aufbewahrt und sie wohl an jenen Ort verbracht, der ihr am sichersten schien. Da Claudia nun in Neuseeland lebt, schickte die Tante mir die Schatulle.

Sie ist unscheinbar. An den Ecken berieben, der Deckel zerkratzt; er gibt erst nicht nach und knarrt dann laut wie eine Tür, als ich ihn öffne. Unter den Dingen, die meiner Mutter als Mädchen kostbar waren, finden sich zwei kreisrunde, dunkle Steine, eine Haarlocke, vermutlich ihre eigene, eine gepresste Blume, ein Buntstift, ein Zuckerl und ein offenes Kuvert. Mein Herz klopft, als ich ihm ein Foto entnehme, schwarz-weiß mit gezackten Rändern. Ich erkenne den Vorgarten, die Bank neben dem Eingang zur Kapelle; die weit ausladende Trauerweide, die uns an Sommertagen Schatten spendete, ist noch nicht gepflanzt. Eine Frau sitzt auf der Bank und lächelt in die Kamera. Sie trägt Jeans und kurze Haare. Ein Feuermal ziert ihre linke Wange.

Auf der Rückseite des Fotos, in schwungvoller Handschrift, eine Widmung: In Liebe, M.

Für das entgegengebrachte Vertrauen gilt mein besonderer Dank Mona Müry und Silke Dürnberger, Letzterer auch für die großartige Zusammenarbeit, und Daryoush Asgar für die inspirierenden Gespräche.

Bibliografische Information der Deutschen Nationalbibliothek
Die Deutsche Nationalbibliothek verzeichnet die Publikation in der Deutschen Nationalbibliografie; detaillierte bibliografische Daten sind im Internet über http://dnb.de abrufbar

Salzburg – Wien
Lektorat: Silke Dürnberger
Gestaltung: Müry Salzmann Verlag
Umschlagbild: Asgar/Gabriel, Sympathy for Telepathy, 2015, Öl auf Leinwand, 250 x 210 cm (Ausschnitt)
Druck: GGP Media GmbH, Pößneck
ISBN 978-3-99014-245-5
www.muerysalzmann.com

Flora S. Mahler
Julie Leyroux
Roman

ISBN 978-3-99014-215-8
240 S., 11.5 x 18 cm
gebunden mit Schutzumschlag
EUR 24,–

Ein schillerndes Debüt!
Anja Kümmel

Ein Volltreffer!
Die gute Seite, Berlin

Beziehungen zu Kunstwerken folgen den Gesetzen aller Beziehungen, sie durchlaufen Phasen. Die einen vergisst man, an andere erinnert man sich, für manche schämt man sich, auf einzelne ist man stolz. Und dann gibt es die eine. An ihr hat man gelitten. Weil man nicht verstanden hat, warum ihr Glück so fordernd ist.

Julie Leyroux, gefragte Künstlerin und rätselhafte Circe, ist das Zentralgestirn im Kosmos einiger „Thirtysomethings". Wer könnte ihr widerstehen? Und wer sich dem Sog dieses Romans, der obendrein einen Blick hinter die Kulissen des Kunstbetriebs freigibt, entziehen?

Thomas Oláh
Doppler
Roman

ISBN 978-3-99014-239-4
224 S., 11.5 x 18 cm
gebunden mit Schutzumschlag
EUR 24,–

Nominiert für den Deutschen Buchpreis sowie den Österreichischen Buchpreis / Debüt

Niemand im Dorf spricht viel, das Leben hier erzählt sich selbst, unüberhörbar.
„Wollen wir?"
„Gehen wir's an."

Ein Reifenplatzer. Als erstes fliegen die Boccia-Kugeln durch den Fahrgastraum, dann Mutti und Vati. Der unversehrt gebliebene Junge wird zu den Großeltern verbannt, sein Exil heißt: Frankenhayn. Ein Schelm, wer dabei an Frankenstein denkt – wiewohl das Dorf, in einer weinseligen Gegend Österreichs zu verorten, und sein Personal durchaus schaurige Züge aufweisen …

www.muerysalzmann.com